かっちゃんは一言でいうと「筋を通しまくる人」
西原理恵子
借金100億円返すし。
メインバンクの東海銀行が先に倒産したわバカモン
フツー返さないよなー
わっはっはっはっ
国税にケンカ売って10年戦争するし。
さあみなさんご一緒に
ワシが稼いだ金はワシのもの
それをとってく奴はドロボーじゃん。
ある日すごい具合が悪いのに、大ウソつきの人と約束したから会いに行くという。
よろよろ
あんなウソつきの約束守んなくていいじゃん
電話で断ろーよ
相手が誰かは関係ない。私が約束を守るという事が大切なんだ
古っ
おそろしく古い時代の筋通しかつや君である。
その筋通しはどこまでも暴走。
院長この領収書が変なんですが
ホテルのランドリー代金なんですけど
かっちゃんは毎年国税が来る人なので月に何回か、税理士、秘書、事務員全員を集め領収書をきっちり区分けする日がある。
女性用下着クリーニング代ってのがあるんです

犯人はもちろんワシなんだが二人つきあってるとか、ええ年して恥ずかしくてナイショにしてて。
しーーーん
だって院長は東京のホテルで一人ぐらし
えーと私何かマズいことしました?
古参の女性秘書につつかれる。
西原先生のでしょう
へっ
どよ
個人的な事だが私は女性の下着を身につける趣味がある
よってその下着は私の趣味の品である
断じて西原先生のものではない

領収書の項目に「院長趣味」と書いておくよう
以上
どさっ
この日から高須クリニック領収書リストに「院長趣味」の項目が入るようになる。
国税さんココ狙い目です。

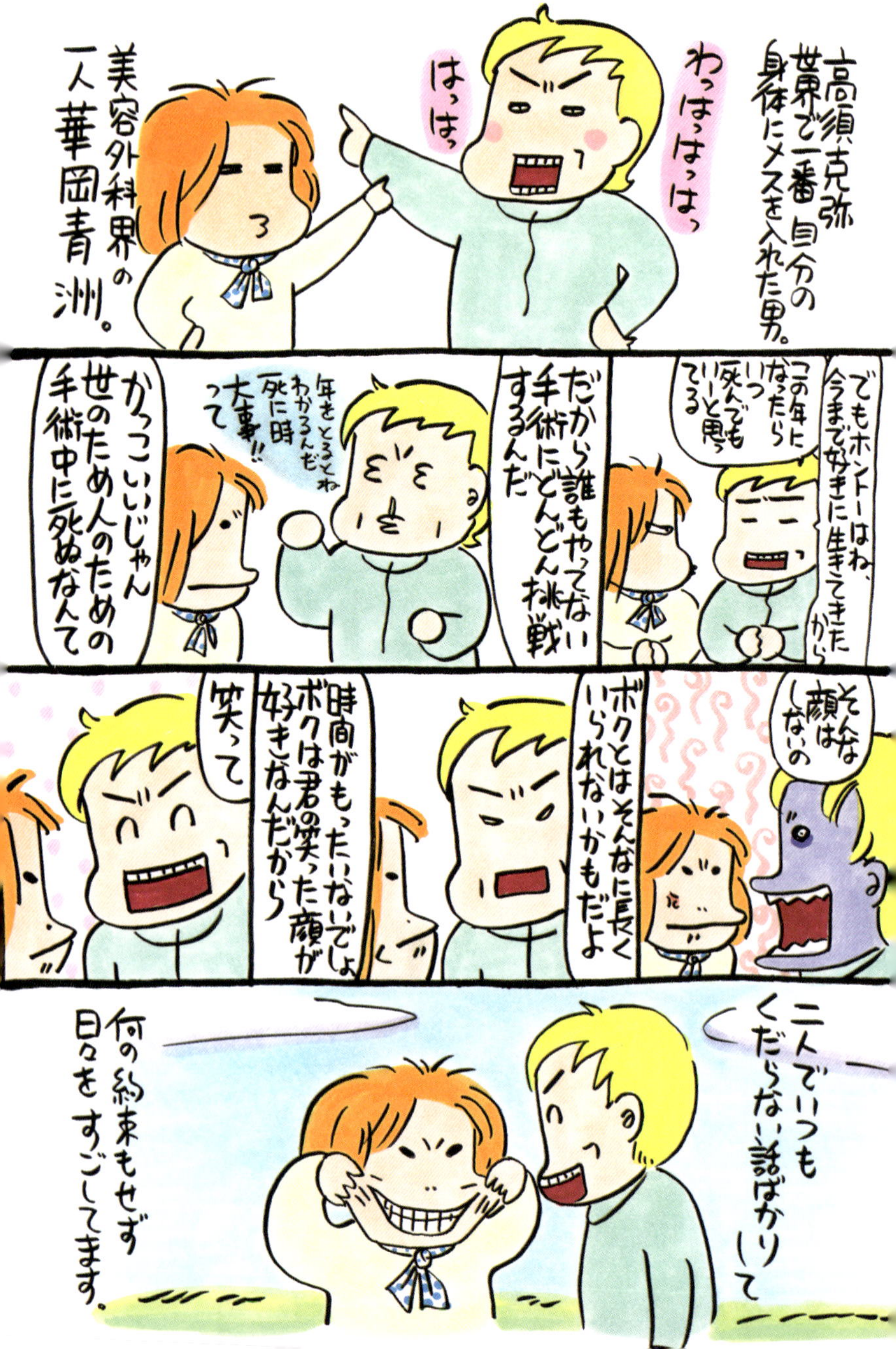

高須克弥 業界で一番自分の身体にメスを入れた男。
わっはっはっはっ
はっはっ
美容外科界の一人華岡青洲。
でもホントーはね、今まで好きに生きてきたから
この年になったらいつ死んでもいーと思ってる
だから誰もやってない手術にどんどん挑戦するんだ
年をとるとね わかるんだ 死に時大事!! って
かっこいいじゃん 世のため人のための手術中に死ぬなんて
そんな顔はしないの
ボクとはそんなに長くいられないかもだよ
時間がもったいないでしょ ボクは君の笑った顔が好きなんだから
笑って
二人でいつもくだらない話ばかりして
何の約束もせず日々をすごしてます。

筋と義理を通せば人生はうまくいく

高須クリニック院長
高須克弥

宝島社

はじめに

僕は順風満帆に生きてきたように思われることが多いようです。

医者の家に生まれ、自分も医者となり美容整形で成功。家族や友人にも恵まれ、楽しそうなことばかりしている人。

こう書いてみると、順風満帆この上ありません。

自分自身でも苦労を知らずにこの年齢まできてしまったと思うことがあります。

しかし、身近にいる人からは、「人一倍困難も多い人生だったではないか」と言われるのです。

確かに僕は子どもの頃、長期に渡って壮絶ないじめを経験しましたし、美容整形の先駆者となったことで各方面から大変なバッシングも受けました。一時は１００億円もの借金を負ったり、その借金返済中に医業を停止しなければいけなかったこともあります。

しかし、それを思い出しても、格別困難の多い人生だったようには思えません。どうやら僕は人から見れば死にたくなるような困難でも、あまり気にならない性質のようです。

気に病もうが、病まなかろうが、どんな問題もそのうち解決します。だったらストレスなどため込まないほうが身のためと僕は思うのです。

ところが周りをぐるりと見渡してみれば、悩んでも仕方がないことに悩んで毎日を鬱々と過ごしている人が大勢います。それならむしろいいほうで、まだ起こってもいないことをあれこれ心配しては悶々としている人さえいます。

この年になってますます強く思いますが、人生はそう長くはありません。せっかくこの世に生まれることができたのですから、面白おかしく笑って生きたほうが得ではありませんか。

また、思い悩んで生きているうちは、他人に対する思いやりの気持ちを持つこともできません。これから少子高齢化が進み、どんどんと生きづらい世の中になっていくかもしれませんが、そんな時こそ互いに思いやる気持ちが必要です。

その頃、僕は既にあちらの世界に移住しているはずですが、愛国者としてこれからの日本をとても心配しているのです。

もちろん思い悩んでいる人に、ただ「思い悩むなよ」と言っても何も解決しないことはわかっています。ですから僕自身がどういった考えのもと、生きてきたのかをまとめてみようと思ったのです。

通信簿は自分自身でつけるものではありませんから、僕の人生が優れた一生だったのかどうかはわかりません。しかし、確実に「楽しい人生だった」と言えます。年齢を重ね、今、ますます面白おかしく生きています。

思い悩み続けることが、大きく実る人生もあります。たとえば作家や芸術家のように。それはそれで素晴らしいことです。

しかし、多くの人は悩み続ける日々から抜け出し、楽しく充実した人生を歩みたいと願っているのではないでしょうか。それであれば僕の考え方も少しは役に立てるのではないかと思っています。

僕が人生において大切にしていることは〝筋〟と〝義理〟を通すことです。テレビなどのメディアでしか僕を知らない人は、僕に「ふざけた人」、もっと悪く言えば「チャラい人」という印象を持っているかもしれません。

僕は面白いこと、楽しいことが好きですから、テレビで見る僕はそういうイメージかもしれません。しかし、それを見て誰かが楽しいと思ってくれたらそれでいいのです。また、包み隠さず何でも話してしまうため、メディアに面白おかしく書き立てられることもあり、誤解されている部分もあるでしょう。

しかし、ただのチャラいおじさんが、人生をうまく乗り越えられるはずがありません。今の僕があるのは、頑固なまでに筋と義理を通してきたからです。

若い方にしてみれば筋と義理だなんて古臭いと思われるかもしれません。でも、よく考えてください。筋と義理を通すのは人間関係や社会人としての基本です。

そんな基本をないがしろにするからこそ、悩み多き人生になってしまうのです。

本書で僕が言っていることは、どれも当たり前のことかもしれません。しかし、簡単に「なーんだ」と思わないでいただきたいのです。

当たり前が本当に当たり前になった時、あなた自身も人生も大きく変わります！

高須克弥

目次

カバーイラスト・漫画／西原理恵子
カバーデザイン／池上幸一
本文デザイン・ＤＴＰ／G-clef
編集協力／鷲頭文子（ワイルドベリー）

第一章

99敗1分でも闘い続ければ負けはしない

勝ち負けにこだわれ！

僕は負けず嫌いです。

最近では〝個性の時代だ〟などと言って、子ども達には順位をつけない教育がされています。かけっこは手をつないで仲良くゴールするとか、合唱コンクールなのに順位をつけないとか、さらに表彰の類も軒並み廃止しているそうです。

そんなことが教育だなんて耳にすると、僕はこう思います。

「バッカじゃないの！」

子どもなんて切磋琢磨して成長していくものです。順位をつけなければ、勝ち負けがなければ、努力することを忘れてしまいます。

運動でも勉強でも、勝ったら最高に褒めて自信をつけてあげればいいんです。負けたらちゃんとこう教えてあげればいい。

「このまま努力をしないと、君の人生は暗いよ」

子どもにそんなことを言うのはひどいって？

競争もさせないで育てて、いきなり弱肉強食の社会に放り出すほうがよっぽど残酷です。天敵を知らずに育った羊を狼の群れに放り込むのと同じなのですから。

結局、競争に負けて、

「今は個性の時代だ」

「ナンバーワンよりオンリーワン」

などといった耳触りのいい言葉を頼りに、

「ありのままの自分でいいんだ」

などと現実逃避を始めるのがオチです。さらには自分探しを始めてしまい、迷子になっている人もいっぱいいいます。自分なんていうものは、探しても見つかりっこないんです。

自分とは作るもの。僕のようなじじいが探せばそれなりに見つかるでしょうけど、作る前から探しても何もないのですから、見つかるわけがありません。

やられている時こそ優越感を持て

僕は子どもの頃から負けず嫌いでした。

僕が生まれた愛知県の一色町（現・西尾市）というところは、漁師や農家が多くて、子ども達もおしなべて腕っぷしが強い。ところが僕の家は代々医者の家系で、戦後の農地解放までは大地主、おまけに僕は家庭教師がついているインテリなので学校では完全に浮いていました。おまけに色白のデブ。典型的ないじめの標的です。

通学路では石をぶつけられ、カバンは奪い取られて汚いドブに捨てられます。どうにか学校にたどり着き、教室のドアを開ければ黒板消しが落ちてくるのはまだいいほうで、イスに座れば鋲が置いてあるのです。

僕は今でも頭頂部にハゲがあるのですが、これは子どもの頃に船の櫂《かい》で殴られた痕。ほかにも体中のあちこちに、当時つけられた古傷が残っています。

このような暴力的ないじめだけでなく、悪口や仲間はずれといった精神的ないじめも続きました。僕がいじめられていることは町中に知れ渡っていて、年賀状も〝一色町　高須白ブタ君〟とだけ書けば届くほどでした。

祖母は大地主のお嬢さんとして育っていますから誇りが高い。僕がさんざんいじめられてやっとの思いで家に帰り着くなり、「今日はこんなことをされた」と告げ口をすると、こんな言葉で慰めてくれるのです。

「あいつらは貧乏で賤しい小作の子だから心が歪んでおるんだ」

「お前は特別な子どもだけど、あいつらは愚民なんだよ」

だから僕も、いじめっ子達に応戦して、

「この小作が！　貧乏人は心が歪んでるんだ！」

などと言ってしまう。ただただ祖母の言葉を素直に受け止めていただけなのですが、これではいじめられても無理はありません。

祖母が僕を特別な子だと思うのには理由がありました。高須家というのは、本能寺の変の時に織田信長が明智光秀に討たれて、次に狙われた徳川家康が手負いを受けながら何とか船で一色町に逃げのびてきたのですが、その際に高須家のご先祖が親身に介抱したことで家康から庄屋にしてもらって苗字もいただいたという歴史の深い家柄。

だけど女系で、祖母は四姉妹だったため、医者の婿をもらって継ぎました。そして母も兄弟が生まれなかったため、医者になって父を婿にもらったのです。

だから僕は高須家に１００年ぶりにやっと生まれた男子。

ところが、1月の極寒の中、空襲から逃れていた防空壕の中で生まれたため、すぐに凍死しかけてしまいました。それを祖母が手を尽くして何とか一命を取り留めたものだから、高須家にとっては〝特別な子ども〟というわけです。

そうやって〝特別な子ども〟と言われて育ったせいで、先述のように言わなくてもいいことを言って余計にいじめられることが大いにありました。でも、どんなにいじめられても〝あいつらとは違う〟と優越感を持ち続けることができたから、くじけずに済んだのです。

コンプレックスは闘争心に替える

僕はお坊ちゃまのわりに、強い闘争心も持ち合わせていました。

今考えると、その闘争心は確実に祖母から譲り受けたものでした。

では、大地主の医者の家に生まれ、女性でもあった祖母が、なぜそんなに強い闘争心を持っていたのでしょうか。

その答えは、〝ブス〟だったから——なのです。

祖母は四姉妹でしたが、姉妹3人は大変な美人でした。そんな中で一人だけブスに生まれてしまったのが祖母でした。

美人であれば嫁のもらい手には事欠きませんが、ブスとなると話しは変わります。だったら手に職をつけたほうがいいということで医者にな、長女でもない祖母が家を継ぐことになりました。

当時はまだ医師国家試験はなく、代わりに医術開業試験というものがあったのですが、その予備校「済生学舎」は性別、年齢を一切問わない、女子については唯一の医学修学機関で、〝醜婦《しゅうふ》の保護所〟と呼ばれていたそうです。

まあ、とにかく、祖母はブスだったのですが、頭はよかったので、すぐに試験に受かって帰ってきました。当時は医者といえば人力車に乗って偉そうに往診するのが普通でしたが、合理的な祖母は、疲れず速く移動できるからと自転車を使っていました。『マイ・フェア・レディ』のオードリー・ヘップバーンのようなつば広の帽子をかぶって、洋装で、当時の田舎の町にしてはかなりのハイカラ趣味でした。でも、〝女子（おんなご）医者〟とバカにされて、患者さんがなかなか増えなかったそうです。

それでも産婦人科や耳鼻科や小児科といった役に立つ診療科をやっていたおかげで、少しずつ患者さんが増え地元に溶け込んでいった頃、祖母の苦労を台無しにする出来事が起こるのです。

近くの開業医の後継ぎが医術開業試験に受かって戻って来てしまったんです。その医者は祖母と同じ頃に東京に出たにもかかわらず、十何年も試験に落ち続けていた大変なバカ息子。でも、無駄に長く東京に居た分、見た目だけは垢ぬけ、ひげをはやしてフロックコートに金鎖で懐中時計なんかをぶら下げて帰って来た。おまけに太っているせいで、田舎の人には貫録のある立派な人物と映ったんでしょう。

「東京で長く修業されていたお医者様が帰って来た」

と、患者さんがどんどんそっちに行ってしまったんです。

「あのバカが！　あいつは修業なんてしとらん。試験に受かったばっかりの新米じゃないか！」

祖母も大そう腹を立て、それはそれは悔しがっていました。

祖母のほうが格段に腕はいいので、そのうちまた患者さんも戻って来たそうですが、娘時代は容姿で、医者になってからは女性ということでコンプレックスを抱えながら、ずっと闘い抜いてきた人だから、闘争心が人一倍強くなるのも当然といえば当然だったのです。

負けっ放しでは終わらせない

僕も祖母から受け継いで闘争心だけは強かったものの、ひ弱なインテリだったため、いじめっ子達には力ではまったく歯が立ちません。

「何とか仕返ししたいけどどうしたらいい？」

悔しさが募り父に相談すると、なんとバットを渡しながらこう言うのです。

「殺して来い」

「本当に死んだらどうする？」

怖じ気づく僕に、父はさらに言いました。

「全部責任は取ってやる」

意を決してバットを握り締め、いじめられっ子のもとへ向かうと、すぐに奪い取られて逆に〝殺される〟というぐらい殴られました。

バットを渡した時の父の様子からして、逃げ帰ったりしたら「情けない奴だ」と間違いなくボコボコにされるでしょう。でも、逃げなくてもボコボコ。八方塞がりです。だけど〝こいつらは僕を本当に殺すかもしれないけど、父は殺しはしないだろう〟という究極の選択で家に逃げ帰った。案の定、父に死にはしないまでも完膚無きまでにボコボコにされました。

父は子どもの頃、本当に暴れん坊だったんです。悪がき5人兄弟の中でも一番凶暴。隣町の不良の親分と喧嘩をして負けたことがあるそうですが、余程悔しかったんでしょうね。兄弟全員で騙し討ちにしたそうです。その手口がまたすごくて、風呂敷で包んだ漬物石を振り回して倒した後、歯と指を全部折ってしまったんだとか。

「死ぬほど痛めつけられると復讐する気力が消える」

だから徹底的にやる。

父のその言い分が正しかったことは、大人になってからわかりました。僕が高須病院で診察をしていると、老紳士が患者として来られ、僕の顔をしげしげと見ながら言うのです。

「お前の父の同級生だ」

父は僕が中学一年の時に亡くなっています。

「父は亡くなりましたが、来ていただいて父もきっと喜ぶでしょう」

てっきり父を懐かしんで来てくれたものと思っていたら、その人は今にも怒り出しそうな勢いで後頭部を僕に向けてこう言いました。

「そんなことはない！　これを見ろ」

見せられた頭には大きな傷がありました。大きくハゲて、骨は陥没しています。よくよく聞いてみると、その不良の親分でした。騙し討ちに遭って以来、父に恨みを持っていましたが、あまりにもやられ過ぎてもう向かっていく気力がなくなってしまったそうです。

父のアドバイスは正しかったということです。

力では敵いませんでしたが、僕なりに色々と仕返しはしました。非力なので徹底してゲリラ戦です。

当時、注射針というのは研いでは何度も使い、ものすごく短くなると捨てていたのですが、僕はそれを拾って昆虫採集でホルマリンを打つのに使っていました。それである時、名案が浮かんだのです。いじめっ子にこれを打ってやろうと。

「栄養注射を打ってやる」

そう言って、ホルマリンを注射してやりました。今の僕は〝鬼手仏心〟ですが、子どもの頃の僕は〝鬼手鬼心〟だったのです。

こんなこともしました。いつも僕がドロップなんかを食べているといじめっ子が奪いに来るので、衣類の防虫に使うナフタリンをわざと大事そうにポケットに入れておくのです。そうして「これだけは大事だから取らないで！」なんて芝居をして見せる。すると余計に欲しがって、案の定無理やり奪い取って食べてしまったんです。もちろんそれを狙ってのこと。僕はしめしめとほくそ笑みました。

ところがそいつが下痢を起こして僕の家の診療所に来たから大変です。ことの顛末が全部祖母にバレて、祖母と父と母、全員からそれはそれは怒られて、す巻きにされた挙句、「反省せよ」と我が家の土蔵に放り込まれました。

99敗1分の勝負でも終わらなければ負けもない

僕の場合は子どもからだけでなく、先生からもたくさんいじめられました。

僕には家庭教師がついていたから、授業でやることはみんな先取りしてわかっていたんですね。だから先生が間違えると、

「先生、それは間違ってるんじゃないですか」

なんてしたり顔で指摘してしまう。可愛がられるわけはありません。

それにしても、いじめ方がひどかった。

小学校一、二年生の時の担任の女教師はやたらと僕を殴りました。ひとしきり殴ると、次は泣きながら言うのです。

「何で私がかっちゃんを殴るかわかるか?」

口の達者な僕は殴られた反発心も手伝い、思い切り言い返しました。

「わかる!　オールドミス!　嫁にいけんからだろうが。みんな言ってるよ、オールドミスのヒスだって。だから僕にあたるんだろう!」

すると、よほど図星だったのでしょう、「ちがう〜〜〜!」と絶叫して、最終的には蹴りまで入れられてしまいました。

本当は「かっちゃんにまっとうな人になってほしいから、心を鬼にしてぶった」という

ような美談にしたかったのでしょうが、僕が本当のことを指摘してしまったものだから逆上したんだと今でも思っています。本当に僕のことが可愛かったら、いくら憎らしいことを言ったからって小学校一、二年生の子どもを蹴るまではしないはずです。

小学校五、六年生の時の担任は、シベリア抑留帰りの共産主義者、いわゆる〝アカ〟でした。だから資本家である旧地主の家の僕を目の敵にしていました。

ところがこの先生は漁師の子ども達にも軽蔑されていました。

シベリアに抑留された人は劣悪な環境の中で、過酷な労働を強いられるわけだから、反抗的であったり、体力がない人から亡くなっていきます。その中で体力もないインテリのくせに生き残れたのは、要領がいいか、洗脳教育によって共産主義をしっかり学習した捕虜――だから。

「インテリで抑留から生きて帰れたのは、ずるい奴とアカばっかり」

みんな親からそう教えられていたんです。

漁師は肉体労働者ですが、自分の船を持っているわけで、搾取とは無縁の小さいながらも資本家です。命がけで漁に出る彼らは、仲間はとことん信用しますが口ばかりのずるい奴は唾棄すべき相手として見下していました。

僕は僕で立派な教育者である家庭教師の先生を尊敬していたので、師範学校出身のエリートだと威張るわりには、大してものを知らないこの先生を軽蔑していたのです。そして先生がでたらめなことを言うと間違いを指摘したり、矛盾しているところをわざと質問したりするものだから、授業のたびに毎回教室の外に立たされたり、体罰を加えられたりしました。

ただ、そんな時だけはいじめっ子達も僕に尊敬のまなざしを向けてくれたのをよく覚えています。

アカの先生のいじめは廊下に立たせてほとんど授業を受けさせないなど、とても陰湿でした。ある時、あまりにも頭にきた僕は、筆箱に隠し持っていた肥後守《ひごのかみ》という、今でいう折りたたみナイフを取り出しました。

「何だ、それは！　刺すつもりか？　刺せるもんなら刺してみろ」

殺気を感じ取ったのか、先生はすぐに僕の手にあるものを見つけて、言い放ちました。

「いいんですか？」

そこでひるむぐらいなら、最初から肥後守なんて手にしません。「刺してやる！」と握った手に力を込め、先生に無我夢中で向かっていったのです。

ところが、「本当にやるのか、コノヤロー！」と逆にボコボコにされておしまい。いくら青白いインテリとはいえ相手は小さい子ども、しかもひ弱な白ブタくんなのですから、当たり前でした。

子ども同士でも教師相手でも、僕はほとんど負け通しでした。戦績はあまく見積もっても99敗1分がいいところです。闘っても闘っても負けるのに、それでも闘うことを止めませんでした。

なぜかって？　降参せず、闘い続けている限り、負けではないからです。だから、僕は今でも負けたとは思っていないのです。

くだらない差別に振り回されるな

いじめられていた当時から、もう60年ほど経ってしまいました。いじめっ子達も、今ではすっかりいいおじいさんです。地元に帰ると僕をいじめていたことなんてすっかり忘れて「元気か？」なんて声をかけてくるのだから、いい気なものです。

先日もいじめっ子の一人と偶然顔を合わせました。

「かっちゃん、久しぶりだねえ。会いたかったよ」

しわだらけの顔をさらにしわくちゃにして嬉しがってくれました。そこには悪気はなく、いじめていたことはすっかり忘れてしまっているのです。

「懐かしいなあ。子どもの頃に戻りたいなあ。あの頃はよかったなあ」

挙句の果ては、こんなことまで言い出すのです。僕は心の中で「ひとつもよかないよ」とぼやいたりもしますが、不思議と恨む気持ちにはなりません。

いじめは相手が本当に嫌いだったり、憎くてやるものではないのでしょうね。そういうケースももちろんあるのでしょうが、いじめありきの相手選びというのが大きいように思います。だからいじめられっ子が転校すると、またほかの誰かがターゲットにされたりするでしょう。

そもそも人間のアイデンティティというものは、他人を差別することで成り立っているのではないでしょうか。だから子どもに限らず、いじめはどこにでもあるし、どんなに問題になってもなくなりません。

世間では立派な職業と思われる医者でさえ、はっきりとしたヒエラルキーがあり、露骨な差別が存在するのです。

医者の世界でいうと、一番伝統があり、権威があるのは内科です。今では花形とされている外科でさえ、長い間、内科医から差別されてきたアウトサイダーでした。外道のやることだから〝外科〟なのです。

時代が流れ、外科の必要性が認められるとともに、その差別はなくなっていきましたが、今度はその外科の中で新しい差別が生まれました。

胸部外科や脳外科といった体の中心を扱う外科は、皮膚科や眼科、耳鼻科、泌尿器科、肛門科といった体の隅のほうを治す外科系を見下す傾向にあります。

僕は大学院では整形外科を専門にしていましたが、折れた骨をのみやかなづち、のこぎり、釘といった道具で固定するために、一般外科からは「大工さん」と見下したように呼ばれたものです。

そして大工さんである整形外科が見下すのが形成外科。

つまり患者さんが運ばれてきた時に、治療の優先順位が高い科ほど序列が高いという風潮があるのです。

そして医療のカーストの一番底辺に位置するのが美容外科です。

美容整形は病気やケガを治す治療ではありません。病気を治し予防するだけが医療である——僕が美容整形を始めたのはそんな時代であり、美容整形はまだ医療行為とさえ認められていなかったのです。

カーストの底である美容外科の中でさえ、大学病院系と開業医系とで互いに見下し合っているのです。

くだらないと思いませんか？

僕はとてもくだらないと思います。

そんなくだらない自尊心や偏見などに振り回されたり、落ち込んだりしてはいけません。

いじめたり、差別をする側のほうが自分達では偉いような気になっていますが、他人をいじめたり差別する人間が偉いはずはありません。また、いじめられる、差別を受ける側がその思い込みにのせられて、間違っても劣等感などを抱いてはいけません。

大切なのは何度打たれても立ち上がる力

しかし、必ずしもいじめに向かっていける人ばかりではないこともわかっています。僕も今でこそ普通に話せますが、当時は本当につらくて、学校に行きたくないと思ったことは一度や二度ではありませんでした。

だからいじめを受けて自殺してしまう人の気持ちは痛いほどわかります。こんな僕でも死んでやろうと思ったことは何度もあります。だけどそんな奴らのために死んでしまうのは本当にもったいない。死んだところで相手はいじめをしていたことなどすぐに忘れてしまうのだから、自分だけが死ぬのは悔しいではありませんか。

僕だったら死ぬギリギリのところで止めます。気を失うぐらいで止めておくとか、周りに人がいることを確かめてから水に飛び込むとかして、遺書が表に出るように仕向けるんです。

死んでしまったら、死人に口なし。遺書があっても「いじめはなかった」なんていう結論が出されて、下手をしたら死んだほうが悪かったなんてことにもなりかねません。実際、苦しくて苦しくて生きていることに耐え切れず死ぬことを選んでしまった人が、なぜか悪かったかのような報道をされることがありますよね。亡くなった人はもちろん、残された親御さんはどんなにかつらいことでしょう。だったら生きのびてそんなことは絶対に言わせないようにするのです。

子どもがいじめられたら、親は死ぬ気になって子どもを守らなければいけません。僕もひどいいじめに遭ってきましたが、家族は絶対に僕の味方だという自信があったからこそ負けずにいられたのです。

ところが親が逃げ腰になると、子ども達も親を信用しません。

ソチ冬季オリンピックのアイスホッケー、スマイルジャパンの試合でもしみじみ思いました。覚えている方もいらっしゃると思いますが、ロシア戦での幻のゴールのことです。ロシアがリードしたまま残り2分を切ったところで、日本がシュート。最終的にこぼれ球を押し込みゴールとなったものの、なぜか判定はノーゴール。続く第2ピリオドでは点差を詰めることができず、最終ピリオドで同点に追いついたものの、ギリギリで決勝点を奪われ負けてしまいました。第1ピリオドの疑惑の判定が覆っていれば勝っていたと思うと、悔しくてやり切れません。

大学時代アイスホッケーをやっていたので、多少は知識があるのですが、その僕がビデオを観ても確実に入っている。監督は一応、抗議はしたようですが、主審はビデオ判定すらせず「ノーゴール」を貫きました。

僕がもし監督だったら、死んでも抗議します。

「もし認めてくれなかったら腹を切る」ってね。それでも認めないなら本当に切って見せたらいいんだもん。その結果、退場になったとしたら喜んで退場すべきです。

そうなれば選手も監督の意志を継いで、死にもの狂いで闘うでしょう。それぐらい体を張って選手を守ればいいのに、紳士的におさめたせいで勝てた試合で負けてしまったのです。

子どもも同じです。子どもを守るために親がとことん闘って見せれば、子ども達だっていじめに負けないはずです。死んだ気になって子どもを守ってみなさいよ。子どもは絶対に親を尊敬しますから。

死んでも守る気があるなら、よその子を傷つけても、自分の子どもの名誉を守るはずです。だって自分の子どもが傷つけられているんだから、守るのは親の義務でしょう。世間の目とか、賠償とか、そんなことを考えていたら大切な子どもを守れっこありません。

　僕の母も子どもの頃、体が弱かったり、地主の娘だったことでいじめられていたのですが、祖母はいじめっ子を待ち伏せしてゴミの入った桶を頭からかぶせてこらしめたそうです。僕がいじめられた時は強そうな近所の女の子を親衛隊として護衛につけてくれました。僕は女の子達には不思議と可愛がられていたし、一色という場所はかかあ天下の土地柄で女性が強いから、とても心強い護衛になってくれました。

　本当は子どもの喧嘩に親が口を出すなんて、無粋なことです。でも、大切な子どもや孫を守るために無粋なんていってられなかったのでしょうね。

　かといって甘やかし過ぎてもいけません。僕も悪いことをすればひどく折檻されました。いじめっ子にナフタリンを食べさせた時がいい例です。いじめられたら殺すぐらいの気持ちで仕返しをしろと言う半面、そのやり方が卑怯だと徹底的に叱られました。折檻がいいのかどうかはわかりませんが、子どもが道を間違えたら、必死で正すのは親の務めだし、そうやって打たれてきたから僕は打たれ強くなったと思うのです。

「今の若い人は打たれ弱い」と言うけれど、打たれずに育ってきたら弱いのは当たり前。競争を避け挫折もさせず過保護にされて育つから、たった一度の挫折にも負けてしまうのです。

大切なのは打たれても、挫折しても、また立ち上がる力をつけてあげることなのではないでしょうか。そして本当に立ち上がれないほどつらいことがあった時には、親は死ぬ気で闘ってくれると子どもに信じさせることなのではないかと思うのです。

第二章　どうでもいいことでまで勝とうとするな

いつも勝ち続ける必要はない

勝ち負けにこだわれと言いましたが、手当たり次第に勝ちにこだわる必要はありません。自分なりの〝ここぞ〟というポイントだけ勝てればいいのです。僕自身もすべてにおいて勝つことにこだわってきたわけではありませんでした。

中学までは勉強で勝ちにこだわりました。優秀な家庭教師がついていたこともあり、体育以外はすべて一番優秀な〝5〟をもらい、間違いなく学年でトップでした。

受験は愛知県の中でも一番優秀な高校を選び、進学率を上げるために合格させる選りすぐりの〝外来組〟として合格することができました。

しかし、やみくもに勉強したのはそこまで。なぜなら、僕にとっての勝ちがもう決まっていたから。高校二年生の時点で、私立の医学部に入れるだけの学力があるのは模擬試験の結果でわかっていたのです。もっと頑張って東大に行こうとか、そんな気持ちはさらさらありません。

祖母や母のように地元に密着した開業医になりたかった僕は、権威などにはまったく興味がなく、医者になれるのであれば一流大学でなくてもよかったのです。

ですから高校時代はとてもエンジョイしました。

県下一の進学校でしたのでクラスメートはお坊ちゃんや秀才は当たり前。中学校までのようないじめはなくなり、無理なくつき合える友達がいっぱいできました。

大きい声ではいえませんが、タバコを覚えたのもこの時期。先生に見つかって退学寸前になるなど優等生とは程遠い生活でした。

しかし、高校は大学の医学部に入るためのステップだと考えていたので、それが叶う範囲で遊び、息を抜き、色んな経験ができたことは大きなプラスでした。どんなことにも勝とうとせず、楽しむ時は楽しみ、闘う時は闘う。人生にも緩急は必要です。

勝ちにこだわると余計な声は聞こえなくなる

目論見通り大学は余裕を持って昭和医科大学（現、昭和大学医学部）に入学することができました。

大学ではスポーツや麻雀ばかりしている医学生の落ちこぼれでした。お金がなくなるとダンスパーティを開催してパー券を売りさばいて儲けるという、典型的なダメ大学生。

昭和医科大学は医者の子弟の落ちこぼれ、つまりのほほんとした金持ちのボンボンの集まりだったので周りも似たり寄ったりでしたから、焦る気持ちにもなりません。

当時は大学紛争の時代でしたが、僕らはまったくのノンポリ。東大や日大の熱き闘士達が「インターン制度粉砕！」「医局解体！」を掲げて僕らにもデモの召集をかけるのですが、僕らは集まったところで霞ヶ関に着く前に〝雀荘〟に全員逃亡する始末。

そんな大学時代に僕が勝ちにこだわっていたのは、すべて勉強以外のことでした。

ひとつは空手。僕は大学の空手部に所属していました。一般的に医学生は手を大切にするため、手を痛めてしまう可能性がある空手などは避けるべきものです。しかし、僕らはそんなことはものともせず、鍛練を重ねて関東の医学大学では最強の座を勝ち取りました。

さらに一番を狙うために始めたのがアイスホッケーです。経験者が少ないアイスホッケーだったら一番になれるだろうと思い、まったく未経験ながらもキャプテンになりアイスホッケー部を設立したのです。

思った以上に道は険しく、一番になることはできませんでしたが、思いつきでも行動に移せば形にはなるということを実感できましたし、ゼロから仲間とチームを作り上げたことは何ものにも代えがたい経験になりました。

学生とは名ばかりの僕が留年もせず医者になれたのは、ひとえに優秀な女子学生が味方についていてくれていたからにほかなりません。同級生の中でも一番優秀だった彼女の助けを借りて（実際にはノートを借りて）、地を這うような点数でも何とかギリギリ進級できたのです。その同級生とは、のちの僕の妻。彼女がいなければ、今の僕はありませんでした。

さて、勉強に関しては不真面目を絵に描いたような学生でしたが、大学院時代に美容整形と出会い、僕の負けず嫌いの性格に本格的に火がつきました。

25歳の時、当時の西ドイツのキール大学整形外科を交換留学生として訪れた時のことです。その大学のユダヤ人教師が行った自分の鼻を小さくするという手術を目にして、かつてない衝撃を受けてしまったのです。

「こんな手術は見たことがない！」

最初は軽い好奇心程度だったのが、この手術見学をきっかけに〝えらを削る〟〝あごを短くする〟〝歯の噛み合わせを整える〟といった手術にも次々と立ち合い、美容整形への興味がどんどん膨らんでいきました。そこで行われていたのは当時の日本ではお目にかかれない最先端の手術。今でこそこれらの手術は当たり前になっていますが、この時はまるで魔法のように思えたものです。

当時、僕はすでに整形外科医としての道を歩み始めていました。しかし、この分野では大きな実績を残してきた先生がたくさんいます。そのレベルに追いつくには、何十年もかかるでしょう。整形外科医でいる限り、僕はつねに誰かの後ろを歩き続けなければいけません。

しかし、美容整形ならまだほとんど先駆者はいません。当時、美容整形は医療行為として認められていない、非常にマイナーなジャンルだったからです。

「この世界なら自分がリーダーになれる!」

その強い想いに背中を押されて、僕は美容整形という日本ではまだ未知の領域に賭けてみることを決めました。

もちろん先駆者であれば失敗するリスクもありますし、先陣を切れば風当たりが強いことも覚悟の上。実際に批判も数知れず受けました。

「美容整形をする奴なんて人間のクズだ」

医者としての未熟さを批判されるのならまだしも、こんなふうに人格否定ともとれる誹謗中傷も決して珍しくなかったのです。でも、そういった心ない言葉はさらに僕の負けず嫌いの火にガソリンを注いでくれました。

「何がなんでも美容整形を医療として根づかせ、この分野のトップに立ってみせる！」

それに僕は〝ここぞ〟と決めたら迷いがありません。さんざんバカにされていた美容整形ですが、人を幸せにする〝幸福医療〟としてやがて大きなムーブメントになることを確信していましたから、何を言われてもどこ吹く風と気になりませんでした。せいぜい「頭の古いおじさんが何か言ってるな」と思うぐらいです。

実際、コンプレックスを克服することで人生をポジティブに生きようとしている人を、最先端の技術を使ってサポートすることができるようになった今、あの頃の自分の決断に間違いはなかったと心から思います。

本気で勝ちにこだわると、外野の声はどうでもよくなるものです。勝つためにしなければいけないことはゴマンとありますから、くだらないことで悩んでいる暇もなくなります。

勝ちにこだわっても、負けることはあります。でも、アブナイ仕事でもない限り、失敗したからといって殺されるわけではありません。せいぜい、すってんてんになる程度。すってんてんになったって、またそのうち稼げばいいだけなのですから、何も恐れることはないのです。

どんな人でもやがては強くなる

殺されるのはいやですが、年を取ったせいか、僕は死ぬことも怖くありません。

友達に本当に死にかけた人がいます。彼は高速道路を走っていた時に運転を誤り、勢いよくダンプカーに突っ込んでしまったのです。

車体はダンプの下にもぐり込み、屋根がはがれてオープンカーのようになってしまいました。周りの人みんなが彼は当然死んだものと諦めてしまうほどの大事故でしたが、奇跡的に命を取り留め、意識を失ったまま病院に運ばれました。

ふと意識が戻ると父親の声が聞こえたそうです。

「もう楽にしてやってください」

なんと父親は医師に自分を死なせてくれとお願いしていたのです。

〝俺、生きてるんだけど……〟

声にならない声を絞り出そうとした次の瞬間、彼は再び意識を失ってしまいました。その時、〝人はこうやって死んでいくのだなあ〟と悟ったそうです。丁度コンピューターの電源が切れるみたいに、ふっ……と意識がなくなるんだそうです。その後意識が戻ったので笑い話になりましたが、こうやって亡くなっていく方も少なくないでしょう。

僕はかねてから人は全身麻酔をした時のように死んでいくのではないかと思っていました。全身麻酔をかけられると、１秒前まで意識があったのに、次の瞬間にはもう意識がありません。実は僕も一度交通事故で九死に一生を得ているのですが、その時も叫んでいた次の瞬間には意識がありませんでした。

そして死にかけた友達の話を聞き、やはり僕の予想は正しかったのだと自信を持ったのです。死ぬ時は恐らくもう痛みも何もなく、すっと意識がなくなっていくだけでしょう。だから死ぬことは何も怖くありません。

すってんてんになることも恐れません。僕の年齢や今の資産を考えれば、一文無しになるほうが難しいかもしれませんが、それでも人生いつ何時思いがけない出来事に襲われるかわかりません。そうなったらそうなったで、仕方がないよなあ……と思うのです。

こうやって、じじいになるたびに怖いものがひとつひとつなくなっていきますから、どうしても人の目が気になる、怖いという人は「そのうち強くなる」と気を長く構えてみてはいかがでしょう。

「そのうち強くなる」なんて根拠も何もない、無責任極まりないことを言うなとお叱りを受けるかもしれません。自己啓発本の類だったら、こうしなさい、ああしなさいと、もっと有用なアドバイスが載っていることでしょう。

でも人の目が気になる人は、本当は一番自分の目を気にしている人なのです。自分が自分に厳し過ぎるんですね。だから、根拠があろうとなかろうと、何もしなくても、いずれそうなると暗示させるのが一番なんです。

それに、年を取ればよくなることがあると思うと、じじいやばばあになるのも少し楽しみになるでしょう？

第三章　人の目を気にし過ぎると臭いハゲになる

人の目は格好よく気にせよ

人からどう思われるかということにとらわれ過ぎて、自分を抑え込んだり、何も行動が起こせなくなっている人がいます。

人の目を気にすることとは、悪い意味にとらえられがちですが、本来は日本人の美徳、〝恥の文化〟のあらわれなのです。戦争でも日本は人目を気にする、恥の文化があったからこそ強かったのです。

日清戦争でも命を惜しまず戦うのは日本兵、形勢が不利になるとさっさと逃げてしまうのが清国兵だといわれていました。中国では死にかけている人を見ても、訴えられるといやだからといって助けないなどという話を聞きます。事故に遭って倒れている小さな子どもの傍らを、素知らぬ顔で何人もの大人が通り過ぎていくというショッキングな映像が紹介されたこともありますが、中国は基本的に我が身と身内が一番の国民性ですから、戦争で自分の身が危なくなれば逃げたとしても恥ずかしくも何ともないんです。

日本では先陣訓の有名な一説に〝生きて虜囚の辱《はずかしめ》を受けず〟とあるように、敵に捕らえられて捕虜になるという辱めを受けるぐらいなら、潔く死ぬことが美徳でした。だから大戦後、生きのびた兵隊さんが帰還する時は、「恥ずかしながら」が決まり文句だったのです。東日本大震災の時も、日本人は被災しても秩序正しいと世界中のメディアから驚かれましたが、それも恥の文化があるからですよね。だって家族が人を押しのけたり、数をごまして配給をもらったりしていたら、やっぱり恥ずかしいじゃない。

だから本来であれば人目を気にするというのは、日本人の〝いい面〟なんです。ところが、それがネガティブに出てしまうと、人目が気になり過ぎて身動きが取れなくなってしまいます。

やりたいことや、いいアイデアが浮かんでも、失敗したら笑われるんじゃないかと先回りして考えるせいで、結局何もできずに終わってしまう。何もしなければ失敗はしないかもしれませんが、いい結果も生みません。しかも、現状維持はできても劇的な変化はありません。失敗しない代わりに、代わり映えのしない一生を送らなければいけないなんて、僕には耐えられない！

人生は舞台の上で遊んでいるようなものだと思っています。同じ舞台なら、四六時中うじうじと悩んでばかりいるドストエフスキーのような芝居や、何も事件が起こらない退屈な芝居よりも、苦しいことやつらいことも最後は笑いにしてしまう、どたばたコメディのほうがずっと楽しいと思いませんか。

困ったことが起こっても、舞台の上なら全部が〝見せ場〟なのです。

「見せ場がきた」そう思って、〝苦悩するヒーロー〟や〝悲劇のヒロイン〟をいかに格好よく演じるかと考えれば、悲観的にもなりません。

ある程度時間が経ってから過去を振り返った時、大変だった思い出も笑い話になっていたりするでしょう？　なぜかというと時間が流れることによって、自分を客観視できるようになるからです。だったら、実際に大変なめに遭っている最中もそうしてしまえばいいんです。

そうやって最後に「面白いお芝居だった」と思えれば、あなたの人生はきっと充実したものになっているでしょう。

それに、人から何を言われようとも頑張るという姿勢を持ち続けていると、応援者が出てくるものです。

僕はアルバイトをしながらオリンピック出場を果したしたアイスホッケーのスマイルジャパンや、悪口に負けないサッチー（野村沙知代）、ぶれない〝ぼやき〟のノムさん（野村克也）、シングルマザーの安藤美姫ちゃんを支援していますが、頑張っている人は応援したくなるものです。それも逆風に向かっていく人を応援したくなる。だってそのほうが勝った時に嬉しいじゃない。競馬だってダントツで一番人気の馬を単勝で買って勝ったところで当たり前でしかありませんが、誰も注目していないような穴馬に賭けて当たったら、配当云々ではなく、純粋に嬉しいし楽しいですよ。僕の目はやっぱり正しかった、間違ってなかったってね。

ところが大抵の人は応援者が出てきてから頑張ろうとしてしまう。それではダメなんです。なぜって、誰に何を言われても揺るがない姿勢に人は惹かれ、ついてくるんですから。

日本人のやせ我慢文化は美しい

恥ずかしいという気持ちを持つのなら、失敗することを恥ずかしがるのではなくて、失敗したあと、みじめな姿をさらすことを恥と思えばいいんです。

これもまた日本の美徳ですが、〝武士は食わねど高楊枝〟という言葉があります。どんなに貧しくて食べることに困っていても、誇り高い武士は高楊枝をくわえ、さも食事をしたばかりのように装うという意味ですが、これを単なる見栄っ張りと思ってはいけません。

かつて福沢諭吉は「一個の人間もこの世も、あるいは国家でさえ、やせ我慢でできている」と説きましたが、日本はまさにこの〝やせ我慢の文化〟。

僕を見ていたら〝やせ我慢〟から最も遠い人間のように思えるかもしれません。しかし、見栄っ張りはあまり格好のいいものではありませんが、やせ我慢は美しいものだと日々思っています。誰がどう見ても人一倍働いてめちゃくちゃ疲れているはずなのに、心配されても笑顔で「いやいや、まだまだ大丈夫ですから心配くださるな」――なんて言えたら格好いいじゃないですか。

治療をしていても、日本のおばあさんは注射などの痛みがある治療をしても痛がりません。痛くないわけではないんです、痛みをこらえてるんですね。なぜなら、同じ治療を中国や韓国のおばあさんにしたら、途端に大変な騒ぎになりますから。

「アッポー！」

「アイゴー！」

声の限りを尽くして騒ぎ立てます。本当は、ストレスが発散されるので、痛い時には我慢せず、騒いだほうが体にはいいんです。実際、痛い治療を我慢して静かにしている日本のおばあさんは治療中に血圧が上がってしまいますが、わーわー騒いでいる中国や韓国のおばあさんの血圧は安定しています。

それでもやはり僕は、品格のある日本のおばあさんを美しいと思うのです。

昔、先輩から教えてもらった話ですが、昭和天皇がご存命の頃、手術で硬膜外麻酔を受けられることがありました。

「陛下、痛みがあったらおっしゃってくださいませ」

麻酔医がうやうやしく申し上げると、天皇陛下は落ち着いた表情で仰せられたそうです。

「痛いとはどのようなことか？　私は知らぬ」

さすが、日本国の元首。何と誇らしいことでしょう！

病は気からと言いますが、たとえ病気で体がしんどい時でも、身ぎれいにして元気なふりをしていると回復が早まります。

だから負けそうで焦っている時も、いかにも余裕があるふりをしていれば本当に勝てるかもしれないし、貧しくてぴーぴーしている時だって、お金のあるふりをしていたら、本当にお金持ちになるかもしれないですよ。

日本人の美徳をポジティブにいかす

僕はこういった日本人の美徳をとても美しいと思いますし、日本という国を誇りに思っています。ですから、海外に行ったら胸を張って「日本人だ」と言えるような言動を心がけてきました。

多くの国に行かせてもらいましたが、なるべく色んな人とコミュニケーションをはかります。言葉がわからないから、うまく話せないからといって、話しかけられても逃げるように立ち去ってしまう人もいますが、それでは「日本人はお高くとまっている」と思われてしまいます。海外に出れば自分が日本代表であり、親善大使なのです。

40年以上も前、僕がトルコのアンカラ大学に留学していた時、街でたまたま知り合った人が、僕をご自宅に招待してくれました。英語が通じないので言葉でのコミュニケーションはほとんど取れません。ところが、そんなことはまったく問題ないほど、とても楽しい時間を過ごしました。

トルコは露土戦争でロシアに散々に負かされたので、その後ロシアを破った日本に敬意を持ってくれているのです。

「ジェネラルトーゴー」

「ジェネラルノギ」

「カミカゼアタック」

僕らは、日露戦争で活躍した名将の名や日本の神風特攻をあらわす3つの言葉だけで、まるで旧知の友のように盛り上がり、大いに友好を深めたのです。

そのような交流が実ったからか、僕達日本人医師の水準を評価してくれたからか、大学で一緒に勉強していた形成外科医であり軍人のハルン君が「日本で勉強してみたい」と言い出しました。

「いつでも来いよ。僕が面倒見てやるから！」

確かに僕はそう言いました。ところがハルン君は、ビザも持たずに来日してしまったのです。当然、空港で一悶着になりました。でも、せっかく日本に期待をして僕を頼って来てくれたのに、このまま帰すわけにはいきません。昭和大学の教授に頼み込んで留学の申請を出し、さらに高須クリニックでのバイトを紹介し、1年間しっかり勉強してもらいました。

国際親善の草の根運動です。

ハルン君はみんなに愛されて、友達もたくさんできました。しかしひとつハルン君のおもてなしで大失敗してしまったことがあります。

はるばる日本まで来てくれたハルン君を喜ばせようと、ある場所に招待することにしたのです。男性がスケベなのは万国共通ですから、きっと喜んでくれるでしょう。

「トルコ風呂に連れて行ってやる」

ハルン君に告げると、案の定大喜びしてくれました。ところが……。

意気揚々とトルコ風呂屋に入っていったハルン君が、しばらくすると泣きながら帰って来たではありませんか。

「僕は日本をすごく愛していて尊敬もしている。でもあんな卑猥な施設に我が国の名前をつけるなんて！」

そう、ハルン君が〝トルコ風呂〟と聞いて想像していたのは、おじさんがマッサージしてくれる蒸し風呂、伝統的な大衆浴場である本物のトルコ風呂のほうだったのです。慣れない異国の地で必死に勉強をしてきて、久し振りに懐かしいトルコの風呂で体をほぐせると楽しみに行ってみたら、着物を着たお姉さんに慣れた手つきで服を脱がされて特別なマッサージをされてしまったのですから驚いたなんてことでは済みませんでした。

ひとしきり泣いたハルン君は、気持ちが落ち着くとトルコ大使館に抗議をしてもらうため電話をかけ始めました。

ところが、たどたどしい日本語だったため趣旨が通じず、番号案内がハルン君に教えたのは当時、吉原で人気のあった『大使館』というトルコ風呂の電話番号でした……というネタのような話はさておき、ハルン君の声を発端として、トルコ大使館経由でトルコの外務省から抗議が入ったことや、他にも名称変更を望む声などがあったことから、特殊浴場の呼び名に〝トルコ風呂〟は使ってはいけないということになったのです。

そんなことがあったにもかかわらず、ハルン君は変わらず親日家でい続けてくれています。

悪口をそのまま受け止める必要はない

悪口を言われるのが好きな人はいないでしょうが、ちょっと悪口を言われたぐらいで、しょぼんと落ち込んでしまうのも考えものです。だいたい、何で悪口をそのまま受け止めてしまうんだろう。そもそも悪口や陰口は、他人が勝手に言っているもの。少しでも自分のためになるのであれば、ただで色いろ言ってくれてありがとうと思えばいいし、そうでなければ、無視するのが賢明です。

僕は医者仲間にも週刊誌にも、さんざん悪口を言われたり、書かれたりしてきました。それはもう、ありとあらゆる悪口雑言です。でも、それで落ち込んだことはありません。なぜなら、数ある悪口の中に、的を射た悪口なんてひとつもないのですから。

たとえば随分昔の話になりますが、ある月刊誌の企画で女性器の構造に詳しい医者が何人か集まって名器に関する対談をしたことがあります。みんな名器、名器と言うけれど、そもそも名器とは何なのか。それを解剖学的、医学的に解明するという内容で、タイトルは『我れ名器に遭遇せり』。なかなか面白くまとまって評判も上々でした。

その記事を今度はとある週刊誌が取り上げたのです。

「品位のかけらも感じられない医者だ」

「言っちゃ悪いが、飯場のコップ酒の宴会でも口に出ないような表現」

誌面には、こんな言葉が並んでいました。まず、他誌で人気のあった企画に便乗すること自体がプライドの欠片もありませんが、書いてあることも、ただの記者の感想です。

それでまず思ったのは、僕に品位があるかどうかは別として、品位がなければいい医者ではないのかということ。裏を返せば、品がいい医者ならヤブ医者でもいいのか？　腕がいい医者でも品が悪ければヤブ医者なのかともいえます。

そもそも医者の品位というものは、ゲスな話をするとかしないとか、そんなくだらないことではなくて、骨身を惜しまず患者様のために働くかどうかではないんだろうか。真面目な顔はしているけど、偉そうにふんぞり返って患者様を見下しているような医者のほうが、よっぽど品位がないと言えるのではなかろうか。

それから飯場のコップ酒は、そんな風に記者が見下せるほど、品がないものなのか。品よく飯場でコップ酒を飲む粋な人だっているはずだよね。つまりこの記者は飯場の人を差別しているということでしょう。雑誌の記者がなんぼのものかと思いますが、職業で人を見下すような品のない人に、どんな悪口を言われても、僕は痛くもかゆくもありません。

最近では僕が安藤美姫ちゃんのスポンサーに名乗りを上げたことで、美姫ちゃんの子どもは実は僕の隠し子だ――なんていう説まで出たのです。

バッカみたい。これをゲスの勘繰りと言わずに何と言いますか。

そもそも安藤美姫ちゃんのスポンサーをすることになったのも、美姫ちゃんが出産をしてそれまでのスポンサーがみんな離れてしまい、スケート連盟からも突き放されて孤立無援で頑張っているというニュースが流れた時に、ちょうど週刊誌の取材を受けていたことが発端でした。

「高須院長なら支援しますよね？」

そう取材相手に聞かれたから、僕は即答で「する、する！」と答えました。

それが週刊誌に載り、記事を見た安藤美姫ちゃんサイドから連絡をいただいたことで、正式にスポンサーをすることになったというわけなんです。それまではお会いしたこともありません。

否定するのもバカらしい話でしょう？

こういった悪口を鵜呑みにして離れていく人、他人の作り話にのって色眼鏡で見る人もいるでしょう。でも、そんな人は放っておけばいいんです。こんな程度で離れていく人は、多かれ早かれ自分の周りから去っていく人。去らないまでも、困ったことがあっても絶対に助けてくれる人ではないのですから。

嫉妬を感じたらその時点で負け

人の目を気にして、他人と自分を比べるのもよくありません。

「同期の彼があれだけ頑張っているんだから、僕も負けないように頑張ろう！」

こんなふうに他人との比較がプラスに働くのならいいのですが、たいていの場合はマイナスに出ます。

「あいつと俺と大して力に差はないのに、どうしてあいつばかりが出世するんだ」

といった具合に、嫉妬ややっかみの感情としてあらわれるのがほとんどではないでしょうか。

嫉妬というのは体に非常に悪いものです。それは医学的にもはっきりしています。嫉妬が体にたまると負のストレスがたまっていきます。

ストレスにも負と正のストレスがあって、正のストレスはいい緊張感をもたらして集中力も高まりますし、踏ん張りもきくようになります。

しかし、負のストレスがたまると、体は弱っていきます。アドレナリンの分泌が増えて闘争状態になり、瞳孔が収縮。唾液の分泌が止まり、胃袋が収縮して胃酸の分泌が増えるので胃潰瘍が起こりやすい。さらに末梢血管が収縮して脈拍数が増えるために高血圧になり、やがて動脈硬化に。その先に待つのは死につながる脳卒中や心筋梗塞です。

そこまで深刻でなくても、頭もハゲやすくなるし、臭くなったり、冷え症にもなります。おまけにつねに闘争心でいっぱいの状態ですから、まともな判断もできなくなって何をやっても失敗ばかり——つまり、にっくき相手を負かすことは永遠にできなくなるというわけです。

ですから嫉妬を感じたら、その時点でもう負けは確定なのです。

僕は何事においても、嫉妬するということはほとんどありません。意外とクールに自分の限界というものを見極めているので、その限界以上の相手や物事に対してはさっさと諦めてしまうのです。

しかし、勘違いしないでほしいのは、自分の限界を見極めるためには限界まで頑張らなければいけないということです。何もしないで「どうせ私には無理だから」と諦めてしまっては何も始まりません。

嫉妬に狂わないようにするためには、視野を広げてマルチな人間になるのが一番です。嫉妬の心は執着の強さに比例します。〝これしかない〟とひとつのことにのめり込むと、その分嫉妬も深くなりますが、〝これがダメでもあれがある〟と思っていると、嫉妬心はわかなくなっていくものなのです。

自分から不利な土俵に上がるな

女性でもブスな人がきれいな人に嫉妬するのは自滅行為です。ブスでも性格がよくて、いつもニコニコしていたら、素敵な男性の目に留まることもあるでしょう。しかし、嫉妬に狂うとギスギスした心が表情にもあらわれて、陰湿なブスになっていきます。そうなると不幸のスパイラルに陥って、抜け出すことはできません。

人は外見から内面が作られるのですから、美人のほうが素直で性格がよいのが一般的です。小さな頃から「可愛いわね」「うちの子にしちゃいたいわ！」とちやほやされて育つので、お高くとまった女性になることもありますが、優しくまっすぐ育つことのほうが多いのです。

一方、ブスな子は「触るな、ブス！」などといじめを受けたり、自分を見た大人の表情がふと固まったりすることで、どんどんといじけて意地悪な顔になりやすい。

「なに、それ！　高須、マジムカツク！」

なんて思ってしまった人は要注意。すでにブスの不幸スパイラルに陥っています。

自分がブスだと思ったら、美人と同じ土俵に上がってはいけません。気がきくとか、大らかだとか、才能があるとか、料理がうまいとか、何でもいいですが、顔の造作とは違うところをアピールしていけばいいのです。

それでモテはしないかもしれませんが、たった一人でもいい男性に見初められれば勝ちです。外見ではなく内面を見て選んでくれた相手とは、自分が変わらない限りずっといい関係を築いていけるはずです。反対に、きれいな女性が好きな男性は、つねにもっときれいな人に目移りしてしまう傾向があるため、油断ができません。また、特に日本の男性は、きれいと若さが結びついていることが多いため、絶世の美女と結ばれても、その美女が年を取ると、少し容姿は劣っても若い女性のほうがよく思えてしまったりもするものです。しかも美人は色んな男性に言い寄られる分、ハズレを引くことも多い。こう聞くと、ブスでよかった～と思いませんか？

それでももし、美人と同じ土俵に上がりたいのであれば、美容整形を受けるのもよいでしょう。

しかし、僕はブスが嫌いではありません。いや、むしろブスが好きです。

美人というのは顔のバランスが整っている人のことで、ブスは部分的に美しい人。つまり美人は秀才でブスは天才なのです。

むしろ自分が美人だと自覚していて〝私に関心がない男性なんていない〟と思い込んでいる女性がいるとしたら、僕はそっちのほうがよっぽど気持ちが悪い。

コンプレックスはイメチェンでも克服できる

人の目を気にしてしまう人は、コンプレックスを抱えていることが多いのではないでしょうか。

でも、コンプレックスを持っている人は、実はラッキーなのです。なぜならコンプレックスをうまくいかせば、人はとても強くなれるから。

たとえば僕の出身である愛知県の三河は、長らく尾張（名古屋）の植民地でした。ちょうどイングランドとアイルランドの関係と同じです。

三河の武士は織田軍団の露払いとして、こき使われ続けてきました。さらに織田信長が本能寺の変で死んだあとには、徳川家康は名古屋生まれの典型的な尾張人である豊臣秀吉の家来にされて、三河の領民と引き離されて関東に転封されてしまいました。

こうやって三河は長年に渡り、尾張から虐げられてきたために、今でも三河人は尾張人に複雑なコンプレックスを抱いています。尾張人は三河人を今でも下に見ていると僕は感じています。

そんな古い、ざっくりした話をされても……と思われるかもしれませんが、世界に名だたる三河の星、トヨタもかつては名古屋財界から田舎者扱いされて、仲間はずれにされていたのです。トヨタがこれほどまでに大企業になったのは、そのコンプレックスが無関係ではないと思っています。

今でもアメリカで人気が高いケネディ元大統領も、アイルランドで食い詰めてアメリカに渡った移民の子孫。オバマ大統領だって黒人とのハーフということは少なからずコンプレックスだったはず。

そのコンプレックスが強いほど、強力なバネとなって、大きく飛躍できるのです。僕も「白ブタ、白ブタ」とバカにされ続けた、自分の容姿をコンプレックスに感じ続けていました。白くて、童顔で、人になめられやすくて、威厳がない。

僕の場合は、外見を変えるということでも、コンプレックスを克服しました。パンチパーマをかけて、ひげをはやして、眉間にしわを寄せて。そうすると不思議と性格も鋭くなって、口論しても負ける気がしない。勝ち続けていると自信もついてきます。結果として少し外見を変えただけで、怖いものなしの性格に変われたのです。

先程も言ったように、人は外見から内面が作られるのですから、なりたい自分に外見を寄せていくというのは自分を変える一番の近道です。

人は外見で変わるといういい例が、兵隊さんです。優しい普通のお父さんが、軍服を着たら人を殺せるようになる。上司の命令はどんなことでも従うという従順さや、兵隊として求められる行動は軍服を着ることで初めて自分のものになるのです。

だから私服で闘うゲリラは、状況が悪くなればすぐに逃げますし、てんでバラバラな行動をして統率が取れなくなるではありませんか。

学歴や仕事ができないというコンプレックスがある人は、少々値がはってもいいスーツを着て、背筋を伸ばし、余裕のある笑顔でも作ってみてください。絶対に気持ちが変わりますから。

同時に、人があなたを見る目も変わってきます。それを感じることで、ますます気持ちに余裕が出てくるはずです。

第四章　どんな難題も生きてさえいれば解決する

人生の風向きは突然変わる

今の僕しかご存じない方は、僕はいつも楽しく、そして面白おかしく生きているように見えているかもしれません。しかし、普通の人なら死にたくなるような大問題を抱えていた時期もあったのです。

不覚にも脱税で起訴されてしまったのです。

美容外科にはたびたび大きなブームが起こり、そのたびに僕は巨額の富を得ていました。しかし、そんなイケイケドンドンだった僕の状況を面白くない目で見ていた人達もいたのです。

ケチのつき始めは週刊誌の記事でした。

ある日、電車に乗った僕は、何気なく見た週刊誌の中吊り広告に目が点になりました。なんと鄧小平《とうしょうへい》などと並んで僕の写真が出ているではありませんか！　よくよく見ると見出しに『ドクター高須の医は算術』という文字がデカデカと印刷されています。そんな取材は受けた覚えがありませんから、勝手に書かれたものであることは明白。実際、僕が儲けていることが悪意を持って書かれた特集記事でした。

僕は儲けることが好きなわけではなく、面白いのでビジネスを拡大していただけなのですが、その記事を読んだ方は僕のことを金儲けの好きな医者と誤解したに違いありません。特集は3週に渡って続き、あることないこと書き立てられました。その頃僕はテレビに出演するなど医者らしからぬ行動でかなり目立ち、快く思っていない人も多くいましたから、格好の餌食になったのでしょう。

その週刊誌はとても売れたらしく、ほかの雑誌でも同じような特集を組んだのです。

こんな時、日本は出る杭を打つ文化だなあとしみじみと感じます。

「職業に貴賤なし」

などと表向きは立派なことを言いながら、ダブルスタンダードで色んな仕事を差別しているところがありますよね。

たとえばパチンコで大金持ちになったとします。これがアメリカだったら〝カジノ王〟のように〝パチンコ王〟と呼ばれるんじゃないかと思いますが、日本では〝パチンコ成金〟です。成り上がり者という侮蔑の意味を持たせ、見下すことで自分が優位に立ちたいのでしょう。僕も美容整形なんぞで儲けた〝成金〟だと思われていたから、叩きやすかったのでしょうね。当時は本当にくだらなくて笑っちゃうようなことまで書かれました。

とはいえ週刊誌に悪口を書かれたところで別に痛くもかゆくもありません。「出る杭を打たれても気にしなければいいだけ」などと思っていたらそれはあまい考えでした。

なぜならその記事がきっかけになり国税が動き出してしまったのです。

身に覚えのない罪で起訴

僕は嘘をついてまでお金を貯め込もうなどという気はさらさらありません。ビジネスも新しい技術をいち早く取り入れたり、開発するのが楽しかっただけで、実際にそのお金を貯め込んで、

「ウッシッシッシ」

なんて悦に入る気はありませんでした。

ですからマルサのみなさんがおいでになった時も、

「何をいただけるんですか？」

と大真面目に聞いてしまったぐらい、少しの危機感もありませんでした。なぜならその数日前には、たくさんの寄附を続けているということで、僕が生まれた一色町の町長さんが紺綬褒章を届けてくれたばっかりだったのです。僕は医者になってからずっと〝ふるさと納税〟を続けてきましたから、町長さんにとっては〝町の英雄〟なのです。

ところがマルサの調査官さんは苦笑いしながら「国税はいただくだけなんですよ」と。調査官のみなさんは僕が所得税法違反をしているという疑いで査察にやって来たのです。

つまり平たく言えば僕が脱税しているというのです。あまりにも寝耳に水の話でした。

「脱税というのは納税申告書に嘘を書いて申告することによって成立します。この納税申告書のサインはあなたのものですね？」

とサインを見せるのですが、僕にはまったく見覚えのない字です。

「こんなサイン書いたことはありません」

僕は美容整形の専門家であって、お金のことはとんとわかりません。勉強をすればわかるようになるかもしれませんが、そんな時間があったら自分の仕事にもっと専念したい。

僕はそういう性格であり、それをわかっている母も、

「かっちゃんはお金を貯めることができない人だから私が管理してあげる」

と言ってくれたので、まかせっきりにしていたのです。母は僕の稼ぎの一部を投資に回してくれたのですが、バブルの時代だったため、大きく膨らんでいたのです。

僕はそんなことはまったく知らないわけですから、罪になるのはおかしいと反論しました。しかし高須クリニックの弁護士さんは

「断りなく運用したのが使用人であるなら背任横領になりますが、親子では成立しません」

と言うではないですか。

「じゃあ、誰にも罪はないんじゃないですか？」

国税の人に素朴な疑問をぶつけてみると顔色ひとつ変えず、こう言い返されました。

「これだけ大きな額が表に出て、誰も悪い人がいなかったというわけにはいきません」

もっと納得のいく理由であれば仕方がありませんが、そんなことで脱税の汚名を着せられるのはまっぴらごめんです。僕は最高裁まで闘い続けました。期間でいうと10年ぐらい。なかなかのもんでしょう？

結局、僕は申告書を見ていなかったこともあり〝経理事務の監督不行き届き〟で罰金刑

を受けました。追徴金10億円、罰金2億円の支払い。

これで僕も前科者の仲間入りです。週刊誌はさらに面白おかしく書き立て、すっかり〝強欲医者〟のイメージがついてしまいました。

僕は今でも自分は無実だと思っていますから、再審請求したいぐらいなのですが……。

たたみかけるように訪れる災難

マルサの査察が入ったのとほぼ同時に、クリニックで働いていたドクターが突然5人もそろって辞めました。

僕はクリニックで働くドクターそれぞれに、ひとつの技術をしっかりと教えて、その施術のスペシャリストになるように育てています。そして10年も働いてくれたら技術もしっかり身につきますから、独立を望むのであればグループのファミリーとして支援します。しかし、事前に相談もなく、突然5人もの医者が看護師から事務員までめぼしいスタッフをごっそり引き抜いて独立するというのですから「裏切られた」という想いで一杯でした。

さらに脱税の裁判で闘っている間に、バブル崩壊の憂き目にも遭いました。

マルサのみなさんから教えられ、母にお金の管理をまかせていたことが間違いだったと悟ってから、僕は自分でお金を管理するようになり、また自身で投資も始めていました。土地やビルといった不動産を購入し、それを担保にお金を借りてまた不動産を買うという典型的なバブル投資をしてみたのです。

そのためバブルが弾けると同時に100億円もの借金を負ってしまいました。

昨日買った不動産価格が、翌日には倍増しているのがバブル。翌日には半減とか二束三文になっているのがバブル崩壊です。

知り合いだったバブル紳士は、次々と行方知れずになりました。幸い僕は仕事が順調で、肉体労働者ですから朝から晩まで休みなく働き続けることで、何とか持ちこたえることができていました。

しかし、新たな災難が降りかかってきます。それは医業停止です。

罰金刑以上の刑を受けた医者は、医業停止という行政処分を受けなければいけません。僕も1年間の医業停止を受けることになりました。要するに、1年間は医者の仕事ができないということです。

この時期はまさにめくるめく災難が降りかかった時期でした。

どんな難問も生きているうちに解決する

強欲医者の汚名を着せられ、弟子は逃げ、大借金のうえに医業停止で働けない。普通であれば、この中のひとつが降りかかっただけでも、絶望して死にたいような気分に陥るのではないでしょうか。でも、僕はいたって平気でした。

高須家には〝生きているうちに起こったことは、生きているうちに解決する〟という家訓があるからです。要するに、生きているうちに解決できないことは、起こりようがないのです。

生きているうちに解決すると決まっているのだから、何があろうとも、好きなことだけをしていればいいわけで、そう考えると気が楽です。思い悩む必要もありません。むしろ人間は思い悩んでいる間は思考が停止して、いいアイデアも浮かばないので、思い悩んではいけないのです。

実際、〝どうにかなるさ〟と思っていた僕は、いいアイデアが浮かんだり、チャンスもつかみました。

まず医業停止はふだん忙し過ぎる僕に神様がくれたプレゼントだととらえることにしました。そこでまず思い切って色んな国を旅行しながら、優秀な美容整形外科医を訪ねて最先端の手術を見聞しました。僕は一度見た手術はコピーするように完璧に覚えられるという特技があるので、これは大いに役立ちました。

さらに、時間があるこの機会に大きな整形手術を受けることにしました。僕は安全性や効果の確かな手術しか行いたくないので、できる限り自分で試してみるのが信条。でも、ふだん忙し過ぎて大きな手術が受けられないのです。

ちょい悪おやじだった僕が、劇的にキュートになったのがこの時です。漫画家の西原理恵子には大金をかけて浅香光代になったと言われましたが……。

この時の整形の数々は世界各地で学会発表も行い、大反響を呼びました。さらにマスコミにも取り上げられて、高須クリニックの知名度はますます上がりました。

そのためまた巨万の富が生まれましたが、バブル時代の含み損があるのでその損失を表面化すれば利益はチャラ。バブルの大借金もうまい具合に返済できました。

それでもまた脱税で捕まってはたまりませんので、僕を調べに来た優秀な国税の人材をスカウト。これ以上ないというぐらい頼りになる経済ブレーンもつかまえることに成功しました。

色んな事件が起こった時、ただ打ちひしがれていたら、こんなにうまく切り抜けることはできなかったと思います。

人生、気をつけていても転ぶ時は転びます。そんな時でも〝そのうち解決するさ〟という意味で諦めて、くよくよせずにいるほうが人生は楽しいし、問題も早く解決します。なにせ、〝生きているうちに起こったことは、生きているうちに解決する〟のですから、それが1年先であれ、10年先であれ、死ぬ直前かもしれませんが、絶対に解決します。少なくとも、僕はそう信じています。いずれ解決するのであれば、そのためにふさぎ込んだり、落ち込んだりしたらもったいないじゃないですか。

それに〝こんなことでは負けないぞ〟と思っていると、大きなチャンスがつかめたりするものです。転んだら絶対にただで起きない気概があれば、たいがいのことは解決してさらにお釣りがくる。七転び八得にしてしまえば、転ぶことも怖くなくなるのです。

第五章

「ダメ」「無理」と言われても だいたいはいける

世の中の〝ダメ〟の基準はいい加減

〝NOと言えない日本人〟と言われていますが、僕は〝NOに弱い日本人〟でもあると思っています。日本人は子どもの頃から「あれはやっちゃダメ」「これはやっちゃダメ」と、枠からはみ出さないように教育されていますから、「ダメ」と言われると簡単に引き下がってしまう人がとても多いように思います。

あなたも何かをやろうとしても、「前例がないから無理」だとか、「誰かがダメだと言っている」と言われると、すぐに諦めてしまいませんか？

しかし、僕は「ダメだ」と言われても納得するまでは引き下がりません。

ダメだと言っている人も、その根拠が結構いい加減だったりするので食い下がるとOKだったり、ダメだという根拠が単なる慣習でそれを変えればいいだけのことだったりもするので、簡単に引き下がるのはもったいないのです。

たとえば僕はテレビCMのルールを変えてしまったことがあります。

今でこそ美容整形でもドクターが登場するようなCMが一般的になりましたが、かつては禁止されていました。病院がCMを打つ時は、病院名、住所、電話番号、院長名しか出してはいけなかったのです。つまりは看板をずっと静止画で映しているようなもの。医学博士という情報すら出してはいけないほど規制が厳しかったのです。

そんな折、演歌専門番組を協賛してほしいという依頼がきました。当時、ちょうど高須クリニックがスポンサーをした24時間耐久レース、〝ル・マン〟の映像を使ってテレビではオンエアできないイメージCMを実験的に作っていました。協賛を依頼してきた会社がCMを含め、すべて完パケ（完全パッケージ＝そのまま放送できる）で作るというので、これは渡りに船と、ダメ元でそのCMを入れてもらったところ、全国の30局近いテレビ局でオンエアされたのです。一応、CMという扱いではなく、番組の一部ということにしてはいるのですが、どう見てもCMです。

それでしばらく既成事実を作ってから、広告代理店を通じてテレビ局にそのCMを流したいと言ってみると、予想通り相手にもしてくれません。テレビ局には考査部というCMの審査をする部門があり、その部門にはプライドの高い社員がいるのです。

「そんなの流せるわけないでしょう！」

小ばかにしたような態度でしたが、僕はにんまり。

「もう流れてます。深夜にやっていますから見てください」

すると後日、トーンダウンした声で連絡がありました。

「流れてますね……」

プライドが高いですから、なかなか自分達の否を認めません。それがその時は僕の都合のいいほうに働きました。既に流してしまった責任は取りたくないから、もう流すしかないとなったのです。

それを皮切りにどんどんと切り崩していった結果が、今です。

ＣＭをきっかけに高須クリニックだけでなく、美容整形外科自体の知名度が上がり、一般的な診療科として普及していったので、ＣＭ効果はとても大きかったです。

偉い人からの通達も納得できなければ受け入れるな

会社でいえば上司のような偉い人から通達されると、それが誤解であったり納得がいかないことでも、悔しい思いをしながらも受け入れてしまうということも多いでしょう。しかし、僕にはそれも承服しかねることです。

たとえば僕は一度、形成外科学会を除名されかけたことがあります。

理由は僕が裏ビデオに出演したからだというのです。

1984年に、当時大人気だったポルノ女優、愛染恭子さん主演で、『ザ・サバイバル』という映画が公開されました。この映画は南国の島で、数人の男性がさまざまな女性の誘惑を受けるのですが、最後まで我慢し続けられた人が愛染恭子の処女膜を破ることができるというドキュメンタリータッチなポルノ映画。そして映画に向けて愛染さんの処女膜再生手術を担当したのが僕だったのです。手術風景も撮影したいというので「本人がいいのであればどうぞ」と撮影させてあげました。

映画では手術室の全景や愛染さんの顔がクローズアップされているだけなのですが、実は手術している箇所がバッチリ映っている海賊版が出ていたらしいのです。しかもその海賊版のほうが映画よりもヒットしたとか。

「高須が裏ビデオにでているらしい」

誰かが密告をしたことで学会の議題に上がり、速攻で除名という結論が出てしまいました。僕は仕事があり学会には参加していなかったのですが、仲のいいドクターから電話をもらってびっくり仰天！　形成外科学会を除名されると、形成外科学会認定医の資格もなくなってしまいます。そのまま受け入れるわけにはいきません。

学会は2日間続けて行われるので、すぐに弁護士を連れて乗り込み、偉いさんが勢ぞろいしているところへ行って聞きました。

「どうして僕が除名されなければいけないんですか？」

「君は本番とかいうのをやっている、いやらしい映画に出ているそうじゃないか」

当時、僕は海賊版の裏ビデオのことは知りませんでしたから、まったくの濡れ衣にしか思えません。

「僕はそういうビデオは見たことがないですが、本当にそうなのですか？」

「一体誰が見たんですか？」

激しく追及する僕に、先生方は次々に、

「わしは知らん」

と言うだけ。最初にその議題を上げたという先生も、

「用があるから」

とそそくさと帰ってしまいました。これは勝機ありと見た僕は、さらに詰め寄りました。

「誰も見ていないのであれば、僕は承服できません。もし見たという方がいるなら、見た方はよいのですか？」

これで先生方もギブアップ。

「わかった」

その場で議事録は差し替えられて、除名は議題に上がったことさえ抹消されました。

余談ですがこの時、一緒に除名されていた医師がいたのですが、それも一緒になかったことになり、彼には大変感謝されました。彼の場合はマリファナの現行犯で逮捕されて除名されていましたから、闘いようもありません。ですから除名取り消しは、思わぬ幸運だったことでしょう。それ以降、彼にはとても慕われました。

叩かれたら速攻でカウンターパンチ

僕が脱税事件で1年間の医業停止を受けた時、せっかく時間があるのでそれまではあまり行けなかったゴルフにもたくさん出かけようと思っていました。

ところが僕が会員になっているゴルフクラブから、思わぬ手紙が来たのです。

「医師免許停止中は入場をご遠慮されたくお願い申し上げます」

突然のことに僕は怒り心頭です。すぐに弁護士連名で抗議文を作り、内容証明で送りました。

「何らクラブのみなさんに迷惑をかけているわけでもなく、お互い友達を助け合い親睦を深めるのがクラブライフだと思い入会したというのに、一番傷ついている時にこのようなことを言われて悲しく思います。誠意ある回答をお願いします」

しかし、ゴルフクラブからはまったくのなしのつぶて。ますます頭にきて、直接クラブに抗議に行きましたが
「そんな手紙は誰も知らない」

と言うのです。

僕がもらった手紙にはクラブの名前しかなく個人名は書いていなかったので、クラブ宛てに返したのですが、僕が送った抗議文も誰も知らないというのです。知らないわけがあ

りません。何しろ内容証明で送ったのですから。

結局、誰も僕にそんなことを言った責任は取らず終い。

僕が医業停止を受けたことなど医療関係者しか知らないことだったので、おそらく僕をよく思わない同業者がクラブに申し入れたのだと思います。しかし、クラブが出入り禁止を決定して通達したのなら、きちんと対応すべきではありませんか。

クラブとしては出入り禁止を通達すれば、僕は黙って受け入れるだろうと思っていたのでしょう。しかし、予想外のカウンターパンチを食らったので、すぐにしっぽを丸めて隠れてしまったのです。

何もなかったかのように、クラブではまたプレーできるようにはなりましたが、肩透かしを食らったような気分でした。

譲れないことは本土決戦まで闘い抜け

もちろん、これらはうまくいった例であり、抗議をしてもそのまま通らないことも多々あります。

とあるカントリークラブでは僕は会ってさえもらえずに、会員になるための審査に落とされたことがあります。そのクラブは会員の申し込みをするために、まず株を購入しないといけません。僕が買った当時で６０００万円でした。

それだけ出して会員の申し込みができるだけ。申し込むと僕のことを知っている２人のクラブ会員から推薦してもらい、まずはその推薦者がクラブと面接をして僕の人となりについて質問をされ、それがＯＫとなったら最終的に本人が面接を受けるのです。

しかし、僕は推薦者の面接の段階で落とされました。「高須は派手だからダメ」だと。

何と主観的な理由でしょう。はなから入会させる気はなかったとしか思えません。

裁判でもしてやるか、僕はカントリークラブの株主なのだから株主総会に出席して発言するか、もっと株を買って大株主になって圧力をかけるか。色々考えてみましたが、そこまでして会員になりたかったわけでもなく、株価も上がってきているので「まあ、いっか」とそのままにしてあります。それぐらいのことでは闘争心は起こりません。

人と争うのは愉快なことではありませんから、気持ちがおさまるなら争わないにこしたことはないのです。

忙しい毎日を生きているのですから、自由になる時間はなるべく気が合う人と面白いことをして笑って過ごすにこしたことはありません。

とはいえ脱税の時は、適当に認めて引き下がればもっと早く終わらせることができるのはわかっていましたが、絶対に譲ることはできませんでした。

結果、負けてしまいましたが、僕の中では負けだと思っていません。

勝ち負けは心の問題で、自分が勝ったと思えば勝っていて、負けたと思えば負け。人から見た勝ち負けと、自分の中での勝ち負けは違うのです。もし、最高裁まで闘わずに止めていたら、自分の中でも負けたことになっていたでしょう。

脱税の一件は最高裁より先には闘う場がないので、終わらせるしかありませんでしたが、そうでなければ僕はどこまでも闘ったと思います。

大戦での日本も降伏して調印をしたから〝負け〟なんです。イランやアフガニスタンのようにいくらやられてもいつまでもズルズルして、人から見れば負けという状況になっても亡命政府を作って

「まだ負けてないよ」

とかわしていればどうなるかわかりません。

実際、神風特攻隊というのは、アメリカ兵にとってはものすごい脅威でした。神風アタックを恐れて精神を病んだアメリカ兵は公表されていませんが、相当な数にのぼったそうです。しかし、そういった戦争末期の戦いは、無駄死にとして認知されているのではないでしょうか。竹やりでＢ21が落とせるものか。ゲリラ戦なんて悪あがきだと。

実際にベトナム戦争ではベトナムがゲリラ戦や竹やり攻撃で勝ったではありませんか。だから日本でも本土決戦をやりますと、最後まで戦っていたら結果はわからなかったと思います。

もしあなたが自分が譲れないものや、大切な人を守らなければいけない闘いに直面したら、簡単に負けを認めないでください。負けないという気持ちがある限り、勝つ可能性は大いにありますから。

第六章

人を見るのに肩書きや賞罰はじゃまになるだけ

肩書きに惑わされると痛い目に遭う

人を職業や肩書きなどで判断するほど危なっかしいことはありません。

権威や肩書きに惑わされると、本当のことが見えなくなります。

たとえば大学病院の教授と診療所の医者の見立てなら、大学病院の教授のほうが正しいだろうと考える人が圧倒的なのではないでしょうか。しかし、実際はわかりません。

最近の人はそうでもないのかもしれませんが、中高年の人は医者を過大に評価し過ぎる傾向があります。でも、医者でもろくでもないのがいっぱいいるのです。

僕が子どもの頃、近所で開業していた外科医もひどいものでした。当時の外科開業医にとって一番高い手術は虫垂炎でした。どこかで虫垂炎の手術だけを習ってきたらしく、お腹が痛いという患者さんはみんな虫垂炎にしてしまうのです。

押せば必ず痛む圧痛点をギューッと押して、患者さんが「痛い！」というと「盲腸（当時は虫垂炎をこう呼んでいました）だ！　切れ、切れ！」と手術。

本当に虫垂炎だった場合、膿んでいたり癒着を起こしていたり、開いてみないとわからないことも多く、リスクが高いのですが、実際、何でもない人を手術するわけですから事故も起こらず、腕のいい医者のように見えるのです。

しかし、その医者はマヌケで、いつものように腹痛を訴えてきた患者にお決まりの〝盲腸〟を通告したところ、

「先生に去年取ってもらいました」

という落語みたいな落ち。

産婦人科もやっていたのですが、どう考えてもどこかで習ってきたはずがないのです。ですからどこで習ったのかを聞いても、堂々とこう答えるのです。

「本に書いてある」

もちろんその程度の知識で治療をしてもうまくいくはずもなく、ある時、その病院で堕胎したはずなのにお腹が大きくなってしまった女性が文句を言いにきたそうなのです。それでもその医者はミスを認めず、驚愕の結論を導き出しました。

「双子だったんだな」

そんなバカな！

その医者は実は替え玉入試で医者になったという、生粋のヤブ医者でした。当時はまだ少し似ていれば替え玉入試ができたので、とんでもないバカが医者になることもあったのです。

それでも事情を知らない人達は医者の肩書きしか見ていませんから、ヤブでも信じ、そしてそれなりに尊敬されてもいたのです。

無冠の天才と勲章を持つバカはどっちがいい？

戦後は人手不足という事情もあり、医者の資格の有無はチェックがゆるくて、資格の貸し借りができたり、偽医者が成り立ったりしていました。

僕の父は医者の家に生まれた5人兄弟でしたが、町医者でお金がない人には無料で診察をしてしまうぐらい商売っ気のない家だったため、兄弟全員を医学校に入れるお金がありませんでした。

そこで祖父は兄弟全員をまず医学校よりも安く行ける歯学校に行かせ、その免許証を偽歯医者に貸し、その貸し賃で医学校に行かせることにしたのです。

患者としても腕さえよければ偽医者でもいいという時代でした。

僕の地元に警察医をまかされているような地元ではよく知られた病院があり、そこの副院長も偽医者でした。その偽医者は衛生兵上がりで、偽物といえども院長よりもずっと腕がいいぐらいでした。ですからみんな偽医者と知っていながら、通報するような人はいませんでした。

警察医ですから囚人が病気になると往診に行かなければいけないのですが、院長が忙しい時は大胆にもその偽医者を行かせたりもしていました。

ところが偽医者が独房に入ったところでガシャンと扉を閉められて、その時はさすがに〝すわ！　バレたか?!〟と大慌てしたそうです。本当は囚人が逃げないように閉めただけだったのですが、やはり偽医者なりに罪悪感があったのでしょう。

日本の美容整形界を牽引してきた大病院の院長達も、最初はもぐりの医者に技術を教わり腕を上げたそうです。

なぜもぐりがそれほど美容整形がうまいかというと、衛生兵として軍医について回り、たくさん練習をさせてもらったからです。戦時下ですから大きなケガをする人が多く、修復手術は日常茶飯事だったのでしょう。衛生兵上がりというのはだいたい腕がいいのです。

今はごくまれに偽医者がニュースになりますが、戦時中のようにどこかで医療を身につけるということが難しいですし、医師免許も厳しくチェックされますから偽物はほとんど絶滅しました。

でも、ブラックジャックのような修羅場をくぐってきた偽物と、本物の資格はあるけれど盲腸医者のようなヤブだったら、現場でどちらが役立つかは言うまでもありません。

大学病院の教授だって、必ずしも開業医より優れているわけではないのです。

そもそもこの人は本当に偉いのかと考えてみる

かように古い話をされても別次元の話のように感じるかもしれませんが、日本の医療というのは今でこそ世界の先端を行っているような顔をしていますが、ほんの少し前まではかなり野蛮なものでした。

少し前まで注射器の使い回しは常識でしたが、今考えれば野蛮としか言いようがありません。日本はC型肝炎がとても多いのですが、注射器や注射針を使い回した予防接種が要因でしょう。

手術も僕が若い頃は手をヨードチンキで洗い、素手で行っていました。肝炎になった医者がとても多かったのはきっとそのせいです。だけど当時は、

「医者は一人前になると黄色く色づく」

などと言われていました。でも、それ血清肝炎による黄疸です！

僕は学生時代から色んな国へ留学をして、最先端の医療を見てきましたから、ちゃんとゴム手袋をして手術をしていました。整形外科なので骨を切ったりすると血が〝ビューッ〟と吹き出ることも多く、それが目にかかり肝炎といった病気に感染することもありますが、僕は運がいいことにメガネもしていたのでそれも防ぐことができました。

レントゲンにかけながら手術をすることもあるのですが、当時でもドイツやアメリカでは手術室に入る人はみな鉛の防護服を着ていました。しかし、日本ではまったく気にせず、自分の手をレントゲンにかざしながら「もうちょっと近づけろ」「もう少し右」といった具合に投影や撮影を調節していたのです。もちろん、被爆しまくりです。

当時の僕の先輩はもうほとんど亡くなりましたが、そういった医療事故の影響も少なか

らずあると思います。

これがほんの数十年前のことです。偉そうにしている医者も、若かりし頃はこのような野蛮な医療をしていたのです。

そもそも医者が偉そうにしていること自体、おかしいではありませんか。有名な貝原益軒の養生訓にもこう書かれています。

「医は仁術なり。仁愛の心を本とし、人を救ふを以て志とすべし」

医者は患者さんや社会に奉仕するのが使命なのです。

どんなに立派な肩書きを持っていても、患者さんを不安にさせたり、質問にもろくに答えなかったり、患者さんの目も見ないような医者は大した医者ではありません。

人は世間の評判や賞罰でははかれない

逆に世間の評判が悪いからといって、必ずしもその人が本当の悪人とも限りません。

僕と長くつき合っている人は、不思議と犯罪者が多いのです。僕もそうですが、僕の周りは軒並み前科一犯。犯罪といってもコソ泥だとか痴漢みたいな、みっともないのはいませんけどね。

前科者ではありますが、みんなとても立派な人です。女性が好きな人でも、若くて素敵な女性がいたら、

「君、何歳？」

「19歳」

「何カ月？　誕生日はいつ？　それは今晩じゃないか！　では待て、あと6時間待て！」

といった具合に、ちゃんと法律は守るんです。

僕と親しくしている人は基本的に面倒見がよくて、世のため人のために汗水たらすことを惜しみませんし、自分が白い目を向けられることがあるから他人には偏見を持ちません。僕が苦しい時にも、そんな人達にどれだけ助けられたかわかりません。世間の評判や噂などを鵜呑みにせず、つき合うべき人は自分の基準で判断してみてください。

怪物慣れしておくと人に強くなる

最近、お客さんや上司、先輩など自分より立場が上の人や、ちょっと怖そうな人を前に

すると気持ちで負けてしまい、自分が言いたいことも言えなくなってしまう人が多いのだと聞きます。

僕が若い頃は周りに怪物みたいな豪傑が多かったせいでしょうか。僕にはその感覚がありません。

医学部というと優等生のお坊ちゃん、お嬢ちゃんというイメージがあるかもしれませんが、当時の昭和医科大学にはとんでもない人がたくさんいたのです。

剣道部にいた先輩は、ヤクザにバカにされたといって木刀を持って殴り込み、大ケガをさせて帰ってくるというツワモノ。警察官と合同で練習をしていて警察署にもしょっちゅう出入りしているからヤクザも下手に手出しはできなくて、やられたヤクザは被害届も出せずに泣き寝入りというヤクザ以上のヤクザ。

剣道部に入ると、その先輩がご飯をご馳走してくれるのですが、それが決まって焼き魚定食で、全部食べても「残さず食べなさい」と骨まで食べさせられるのです。小魚とわけが違いますから骨だって太くて硬いのに、自分もバリバリ食べちゃう。そんな恐ろしい先輩がいる剣道部は絶対に入るものかと思っていました。

しかし、その先輩とは白馬診療部で一緒になってしまったのです。白馬診療部は白馬岳の山頂付近で登山客のケガや病気を治療する昭和医科大学（現・昭和大学）のボランティアクラブで、当時は指導監督者がいれば学生でも簡単な医療行為ができたので、僕は修業がてら通っていたのです。

ある時、遭難者などがいないか山を監視している常駐パトロール隊が、大慌てで知らせてきました。

「下駄履きの男が鵜飼のようにひもをつけた鶏を何羽も連れて稜線を歩いている」

見てみると、その剣道部の先輩がバタバタと暴れる鶏を引きずるように歩いて来る。白馬岳の山頂付近ですよ。みんなが重装備で登ってくるところを下駄履きで鶏を紐につないで連れて来るなんて、どう見ても危ない人です。

でも、先輩は僕達に鶏鍋を食べさせたかっただけなのです。肉で持って来れば楽なのに、「歩けば肉が締まって美味しくなる」と。いい人なんですよ。

高校時代の柔道部もそんな怪物がたくさんいましたが、彼らは真っ先に他校の不良からかつあげされそうなタイプの僕を守ってくれました。

いくつになっても人の中身は子どもの時のまま

年を取り、周りの友達を見ていても思うのですが、人はどんなに偉くなっても中身は小さい時のままです。ガキ大将の○○君とか、慌てん坊の○○君のまま。見た目は偉そうになっていますし、じじいを演じているので騙されがちですが、その辺にいる〝がきんちょ〟と変わりません。

僕だってこうやって偉そうなことを言っていますが、いじめっ子にナフタリンを食わせていた白ブタのかっちゃんのままなんです。

女の人だってそうではありませんか。見た目は老女でも心は少女。だからいくつになってもロマンチックなことが大好きなのです。

だからみなさんも相手が目上の人でも、こわもての人でも、ビビる必要はありません。ビビり過ぎると、かえって頭の中でどんどんと相手を怪物に作り上げて、ますます怖くなるだけです。ビビりそうになったら、子どもの頃のその人を想像して重ね合わせてみてください。思わず笑いそうになりますよ。

第七章

お金を貯め込むなんて危ないことはやめなさい

人生においてお金は単なるガソリン

みなさんはお金に対してどんな感情を持っているでしょうか?

お金に複雑な感情を持っている人は少なくありません。とても欲しいけれども、その一方で不浄のものだと思っているのが普通です。

でも、それは仕方のないことです。何しろ徳川三百年の間は、

「お金などまったく大事なものではない」

と刷り込むことが教育だったのですから。

精神的な気高さ、勤勉さなどが大切であり、お金儲けをするというのは低俗。士農工商という身分制度を作り、お金はなくとも武士は最も位が高く、金儲けをする商人は身分が最も低い。

そうやって幕府は安く旗本や御家人を囲っていたわけです。

お金儲け=低俗という意識は根深く、今でもバリバリお金を儲けているような人は軽蔑されたりしますよね。

お金は大切にし過ぎても、軽んじ過ぎてもよくありません。平常心でつき合うべきです。僕は〝人生をレースに見立てれば、お金は単なるガソリン〟だと思っています。自分で車を運転するのも、レースを見るのも好きですが、興味があるのは車体やエンジンの性能、ドライバーのテクニックであって、ガソリン自体に興味はありません。

ガソリンは単にガソリン。レースを走り切るだけあればいいのです。それなのに貯め込んでも仕方ないというより、むしろ危ないではないですか。

レースを走り切れるほどのガソリンがないという人も、使わないと入ってきません。お金は血液と一緒で、循環させていないと腐っていきます。腐ったお金は災厄を招きますから危険です。それよりも正しく使えば、仲間を連れてすぐに帰って来るのですから、貯め込むよりもずっと安全です。

食べるのに困らなければ貧乏も楽しめる

僕は稼がないと使えないから稼ぎますが、お金を貯め込むことにはまったく興味がありません。それは僕がお金持ちだから言えることだろうと思われるかもしれませんが、僕も貧乏の大変さは知っています。

高須家は僕が生まれるまでは大地主でしたが、僕は戦中に生まれ、物心ついた頃には終戦の農地解放でほとんどの土地を手放し、決して豊かではありませんでした。

父の蓄えもすべて、父方の祖父が、

「殖やしてやるからまかせておけ」

と満州鉄道に投資していたのです。

「満州鉄道は大日本帝国が崩壊するまで大丈夫だ。大日本帝国は不滅だ！」

と豪語していましたが、大日本帝国が不滅ではなかったことはご存じの通り。父方の兄弟は全員すってんてんになってしまいました。

少しだけ残った土地も農耕を行っていないと取り上げられてしまうので、祖母や父は医者をしながら日々畑仕事もしていました。慣れない畑仕事を兼業で行うのは、想像以上に重労働だったことでしょう。結局、父は僕が中学校一年生の時に、過労で亡くなりました。

ですから食べるのに困るとなると話は別ですが、そうでなければお金はなくてもそれなりに生きていけると思います。

実際に、大学時代には食べることにも困ったことがあります。上京して昭和医科大学に通うにあたり、毎月1万円の仕送りをもらえることになりました。当時は1万円といえば大金でしたから、当初は〝ウハウハ〟でした。しかし高度成長期真っ盛りだったため、どんどんと物価が上がり数年後には一転〝カツカツ〟になってしまったのです。

そんな時に麻雀で負けたりすると、赤字です。ろくに食べることもできなくなり、アパートの周りにたくさんあった畑から、無断で少々わけていただいたこともあります。

ちょっといいわけをすると、その畑は本気で農業をするのではなくて、税金が安い農地として登録するために耕していた畑だったのです。ですから収穫した野菜は地主の家では食べ切れず、よく配られたりもしていたのです。

とはいえ、もちろん申し訳ないという気持ちはあり、白菜の周りの育ち過ぎた葉っぱだけ数枚いただいたりしたものです。そのような野菜と卵やもらってきたパンの耳を一緒に炒めると、なかなかに美味しく、ボリュームも満点で空腹を十分に満たすことができたのです。

また、僕が結婚したのはまだ駆け出しの頃で、すぐに子どもにも恵まれたため、新婚時代は豊かとはいい難い生活でした。ですから当直手当をもらうために、宿直室に住み込んでいたこともあります。1晩1500円の手当が出るので、皆勤ならだいたい4万5000円ももらえるからです。

空腹は冷蔵庫に冷やしてある点滴液で満たします。点滴液というのは、ほとんどスポーツ飲料と変わりません。というよりスポーツ飲料は点滴液をもとに作られているのです。ですから医者は疲れたり二日酔いだったりすると、よく点滴液を飲んでいました。

そのうち稼げるようになるという気持ちがあったので気楽にしていられたというのもありますが、僕はもともとどんな状況も楽しんでしまうタイプなのです。お金がなければどうやって手に入れるかとか、食べ物はどう調達するかということを考えるのが好きなのです。

それに僕はお金がかかるような欲があまりありません。

まず、食べることに興味がありません。お腹が空いている時に食べれば何でも美味しく感じるものですし、せっかちなのでどんなに美味しいものでもひと皿ずつゆっくり出てくるような会席やフルコースは大嫌い。

着るものもこだわりませんし、ブランドものにも興味がありません。

お金がかかるようなお姉ちゃんも嫌いです。僕の好みは知性と教養のある、お金持ちのおばさま。おつき合いで高級クラブに行くこともありますが、そもそも僕はお酒が飲めません。

「どこをどう治したらもっと美人になる？」

などと聞かれて、お金を払ってカウンセリングをしてあげるような事態になるのが関の山ですから面白いことなどひとつもないのです。

若者よ！　もっと欲を持って生きよ

最近、日本の若者は草食化しているといわれています。〝お金は最低限あればよく、お金がかかる車も恋人もいらない。その代わりに仕事に縛られず、自分のプライベートを優先させたい〟というのが望みだというのです。

どう生きるかは人それぞれの自由ですから、そんな考え方もありでしょう。しかし、愛国者の僕としては日本の将来が不安です。

少子高齢化が止まらない日本は、そのうち外国人を受け入れざるを得なくなるでしょう。そうなればアジア各国から、希望に目を輝かせた若者がたくさんやって来ます。

「どんなに努力をしても、いつか貧しさから抜け出したい」

そんな熱い想いを抱いた、優秀な若者が大挙して押しかけるのです。

僕も以前、そのようなエネルギー満タンの中国人の若い医者の面倒を見ていたことがあります。彼の名前はトンファン君。僕が上海で行われた学会に出席した際に通訳をしてくれたのが彼でした。

ある時、そのトンファン君が、僕を頼って高須クリニックにやって来ました。トンファン君は大学同士のつながりで九州の大学の形成外科に留学を許可され来日したのですが、脱走して高須クリニックまで来てしまったのです。

この時点でまず、真面目な日本人なら考えられないことではありませんか。トンファン君を受け入れた九州の大学の教授と僕は親交があったので僕から話を通しましたが、そうでなければちょっとした騒動です。

当時の中国はまだまだ貧しかったこともあり、トンファン君は上海から九州までの貨物船の運賃と、九州から名古屋までの新幹線代で全財産を使い果たしていました。はなからお世話になる気満々です。

アパートを借りてあげて、毎日1000円ずつ食事代を渡していましたが、トンファン君はちゃっかりこのお金で貯金までしていました。そしてみなが食事をしている店にやって来ては、

「いやー、美味しそうですね。ちょっとわけてください」

と言って食べてしまうのです。当時、中国では大都市、上海の大学の教授でさえ家賃3000円という時代でしたから、そうやって貯めたお金はひと財産だったに違いありません。

中国では医師免許を持っていますが、日本では役に立ちませんのでトンファン君は手術を見学するだけ。いいご身分です。

しばらくしてトンファン君は帰国しましたが、彼は〝高須クリニックで研修を受けた〟ということを大いに利用して、出世街道を上っていきました。手術を見ていただけだったのが、いつの間にか〝高須の一番弟子〟を自称していたのです。

僕は中国の美容整形外科学会では権威があり、訪中すると国賓並みに歓迎してもらえます。ですから高須のもとで修業したというのはかなり箔がつくことなのです。

今ではトンファン君もお偉い大学教授になりました。それでもギラギラしたところは変わっていません。今でも僕が訪中すると通訳をかって出てくれるのですが、プロのようにうまく話せるわけではありませんから、専門の通訳を雇うと言っても、

「僕ならお金はかかりません！　僕がやります」

と断行。テレビ局のインタビューを受けている時に、こっそり連れて行った通訳にどうやって訳しているのか聞いてもらったところ、

「高須先生が言ったことは何も言っていないです。彼の功績ばかりをアピールしていました」

と言うので笑ってしまいました。

彼が来日する時は、観光バスで30～40人も高須クリニックに連れて来て、横断幕を掲げ、僕と記念撮影をするのですが、それも確実に参加者からお金を取っています。

トンファン君の例は少し極端かもしれませんが、夢を実現するため全力を懸けている若

者が世界中にはたくさんいます。

　豊かで平和な国に生まれた日本の若者に、野心を持てというのは難しいかもしれません。しかし、もう少しいい意味で欲を持てば、基礎学力は高いのですからまだまだ対抗できると思うのです。

誰かのために使うとお金は好循環する

　トンファン君ぐらいのレベルになると我欲も清々しいぐらいですが、やはり日本人にとってはそこまで露骨にステップアップしていくことには抵抗があるものです。

　日本人がお金を得ることに肯定的になるには、〝大切な人〟のために使うことを考えればよいのではないでしょうか。

　私もお金にはどちらかというと畏怖の念を抱いており、身近に置いておきたくはないのですが、お金があってよかったと思うのは人のために何かをしてあげることができた時です。

　妻ががんになった時、愛知県から福島県まで通い、陽子線治療を受けていたのですが、この治療はとても高いのです。1回300万円ぐらいかかります。ですから治療費が壁になり、治療を諦める人もいると聞きます。

結局、妻は2010年に亡くなりましたが、最善の治療は受けられたので、その点においては後悔はありません。

お金に対して過剰に否定的な感情を持っている人は、お金を自分のために使うことしか考えていないのではないでしょうか。だからお金を稼いでいる人＝強欲な人と思い込んでしまうのです。

しかし、大切な親が寝たきりや認知症になった時、十分な介護をするためにも、家族が大きな病気をした時に、納得がいく治療をするためにもお金は必要です。

また、世のため、人のために使うこともできます。

僕は小さな頃にいじめられていたためか、困っている人を放っておくことができませんですから僕にとって余分なお金は、ほとんど寄附や支援に使っています。

それによって勲章や日本赤十字社といった団体から感謝状をいただいていますが、何よりも嬉しいのは、喜んでくれる笑顔を見た時や、お礼の手紙をいただいた時です。

寄附や支援をするのに、もちろん見返りは求めませんが、心がほっこりして、優しい気持ちになります。

寄附に限らず、この世の善行はあの世の積み立て預金。そう思うのも楽しいですよ。あの世での待遇がちょっとよくなったらいいですよね。

寄附やボランティアは自信へとつながる

他人に寄附するほどお金がないという人もいるでしょう。

しかし、寄附は小銭だってかまいません。飲みに行った後、しめのラーメンを食べるのを止めて寄附するというような、小さなことでもかまわないのです。

そうやっていいことにお金を使っていくと、お金やお金を稼ぐことへの否定的な感情が薄れていきます。

収入で伸び悩む人は、お金が欲しいと思いながらも、お金なんて汚らわしいという潜在意識がある場合が多いといわれています。

情けは人のためならず。そうやって寄附をしていると、自然と豊かになっていくのです。

また、自分に自信がないという人も、寄附やボランティアを積極的にするとよいのではないでしょうか。誰かの役に立っているという意識は、大きな自信につながっていくからです。

第八章　悩みが尽きないあなたへ、僕からの処方箋

悩み多き人＝暇多き人

何をやってもうまくいく気がしないとか、将来が不安で仕方ない、職場で嫌われているんではなかろうかといったネガティブな思いにとらわれやすい人は、結局は暇なのではないかと思います。

そんなことをくよくよ思い悩んでいても、絶対に何も解決しません。将来が不安ならもっと働いて備えればいいだけではありませんか。嫌われるのが怖いなら、自分を見つめ直して性格改造をすればいいだけです。

しかし、そんな風に何かを解決させても、ネガティブな人はまた何かほかの問題を見つけてきて、結局は思い悩むものなのでしょう。

もしそんな泥沼から抜け出したいのなら、悩む間もないぐらい忙しくすればいいのです。特にボランティア活動はおすすめです。東北ではまだまだ人手を必要としていますから。

実際に被災地を訪れると、ささいな悩み事などバカらしくなるはずです。

自分や自分の家族が生きているだけで、ありがたいことなのだと実感するでしょう。

そしてどうしたら傷ついた人達を救うことができるのか、そんな思いで頭の中はいっぱいになります。

また、一生懸命体を動かしますから、夜はくだらないことを悩む間もなく眠りに落ちます。

ボランティアも間違えればただの迷惑な人

しかし、ボランティア初心者は色々と気をつけなければいけません。

まず、初心者であれば震災直後の被災地には行かないことです。東日本大震災でも〝自分も何か役に立ちたい〟という甘酸っぱい想いだけを抱えて被災地に入ったものの、汚くそして過酷な仕事に嫌気がさし、ただ居座って被災者の邪魔をしているだけというような迷惑ボランティアが多かったと聞きます。

震災直後に必要とされるのは、警察や自衛隊、医療従事者や経験豊富なボランティアスタッフなどのプロフェッショナルです。

医者でさえ経験がないと、被災地ではあまり役に立たないことがあるぐらいです。被災直後は薬も道具も圧倒的に足りていません。ですから、あるものでどうにか最適の治療を行わなければいけません。そういう意味においては戦場と同じです。

たとえば東日本大震災ではがれきから出ている釘を踏んでケガをする人が多く、破傷風が心配されました。本来であれば破傷風予防ワクチンを注射すればいいのですが、それもありません。

慣れない医者は消毒をしてすぐに傷をふさごうとするのですが、それでは破傷風菌は死滅しません。破傷風菌は空気にさらすと死ぬので、逆に傷口を十字に大きく開きオキシドールで洗えばいいのです。その後傷口をきれいにするのは、落ち着いてからゆっくりやればいいだけです。

歩行が不自由になっている人には外科的、整形外科的な処置をする医者も多いですが、東日本大震災で体のだるさと歩行困難を訴える患者を診てすぐに脚気だとあたりをつけました。被災地では保存しやすい米やカップラーメンといった食事が多くなるためビタミンが足りなくなり、現代ではほとんど見られなくなった壊血病や脚気のような病気も出てきます。被災地では現代医学の盲点になる治療が必要な患者さんが多いのです。

僕が被災地で役立つ医療を身につけられたのは、学生時代に白馬岳の山頂付近にある、昭和大学医学部白馬診療部でボランティア活動を行うことができたからです。

山頂で人手が足りないため、学生やインターンでも医師の監督指導があれば、ちょっとした医療活動を行うことができたのです。薬や医療機器もあまりそろっていませんから、とにかく工夫しながら治療にあたります。今では厳しく行政指導されているので、医師免許がなければ医療行為はできなくなってしまいましたが、僕にとってはここでの経験が被災地で大きく役立ちました。

海外での医療ボランティアでも、戦火を逃れてきた難民の方に医師団が医療を開始したら死亡率が高くなってしまったことがありました。栄養状態が悪過ぎて、体が医療に耐えられなかったのです。ですからこのような場合はまず、栄養状態を整えて体を回復させることが第一優先であるということも身をもって知りました。

このように被災地などの非日常的な現場では経験が大きくものをいいます。ですから経験がない人はまず被災直後は安易に被災地に近づかないこと。今後、本気でボランティアの道に進みたいから震災直後の被災地での活動も覚えていきたいという人は、ボランティア団体に所属するのがよいのではないでしょうか。

押しつけがましい善意なら要らない

ボランティアをしていると、知らず知らずのうちに上から目線になってしまう人もいます。

「せっかくやってあげたのに」

「わざわざ来たのに」

というような傲慢な心はすぐに相手に伝わり、傷つけます。

東日本大震災ではさまざまな救援物資が届きましたが、洗濯済みとはいえ中古の下着なども送られてきて、被災者の方はとても傷ついておられました。送った方は汚れた下着よりはいいだろうと、親切で送ったのかもしれませんが、受け取るほうは、

「タダでもらっているんだから、贅沢言うな」

と見下されているような印象を持っても仕方がないことです。

ボランティアでは相手の立場になって考えるということが、平素よりも大切です。もち

ろん被災していない人には、被災者の方の苦しみのすべてを理解するのは難しいことです。ですからなおさら心境を理解しようと努め、行動すべきなのです。そうすれば間違っても中古の下着を送るとか、家の隅でほこりをかぶっていた毛布を洗いもせずに送るということはできなくなるはずです。

〝避難生活をしているんだから、贅沢は言っていられないじゃないか〟というような気持ちは自覚をしていなくても多くの人が持っているのではないでしょうか。それは避難している人自身も含めてです。

ですから救援物資に酒やタバコをくれと言われたら、不謹慎だと思ってしまいませんか？

しかし、私は逆に被災地に行き、絶望感、不安感、疲労感を感じて眠れなくなっている人のあまりの多さに、ワインを配ってあげなさいと指示してきました。深酒になってはよくありませんが、睡眠薬を飲むよりもずっといいと思ったからです。

タバコだってふだんから吸っている人にとっては、吸えない状況というのは大きなストレスです。震災で大きなストレスを抱えているのですから、タバコぐらい吸ってもいいではありませんか。

どこまでも心を寄り添わせてこそボランティア

女性は顔もまともに洗えないような状態で、すっぴんのまま過ごさなければいけません。もちろん基礎化粧品もありませんから、肌はゴワゴワしてきます。ですから化粧品が救援物資として届いた時、女性の方はとても喜びました。

僕もケガをされた人などがいないタイミングで、希望者の方にヒアルロン酸注射やボトックス注射などでちょっとしたシワを消すというようなプチ整形をしていたのですが、そうやってきれいになると女性の顔はみるみる明るくなるのです。

「こんな非常時に何をしてるんだ」

男性には到底理解できないかもしれません。しかし女性はきれいになると気持ちが前向きになる、いわば化粧やスキンケアはセラピーです。

阪神・淡路大震災では1年間、東日本大震災では2年間、高須クリニックや僕の呼びかけに賛同してくれた美容整形外科では、被災者の方には無料で施術を行っていたので、たくさんの方に来ていただきました。

震災で負った傷痕の治療はもちろん、シミやシワを消すといった施術を受けて、嬉しそうに帰って行かれるみなさんの笑顔が忘れられません。

被災者の方が本当に求めていることを一生懸命考える。ボランティアで大切なことは被災者の方に気持ちを寄り添わせることだと思うのです。

人のためになることは大きな生き甲斐

僕は最近、ますますボランティアに力を入れています。

僕が所属しているフリーメイソンも、ボランティア団体です。

「とんがり帽子の衣装を着て、有色人種に危害を加えているんだろう」

などと勘違いしている人が多いのですが、それはＫＫＫ（クー・クラックス・クラン）です！

「世界を牛耳っている秘密結社」

とも言われますが、それは小説や映画になった『ダ・ヴィンチ・コード』のイルミナティ！　普通に看板を出している秘密結社なんてありません。

フリーメイソンは友愛結社です。ほとんどの戦争は宗教がからんでいますが、フリーメイソンはそれぞれが信仰する神を尊重し合いながら、慈善活動などを行っている、いたって平和な団体です。

活動内容を非公開にし続けているといつまでも邪悪な秘密結社だと思われますから、もっとオープンにできればいいのですが、秘密を守るという誓いを立てているため、それがなかなかできません。伝統ある組織なので、変革ばかりを提案していると嫌われてしまいますから提案するのも止めておきます。

フリーメイソンでは養護施設の掃除に行ったり、子ども達のためにお祭りを開いたり、かなり素朴な活動をしています。

そういった活動で喜んでもらえると僕も嬉しいのですが、でも、フリーメイソンはそれなりに地位のあるおじ様ばかりだから、自分達はその時間働いて、その分のお金で掃除なら掃除のプロをたくさん雇ったほうが合理的なのではないかと思うこともありますが……。

しかし、実際そうやって自分自身が活動することで、見えてくることも多いということですね。

東日本大震災で感じた医者としての限界

ボランティア活動は、自分自身の心にあかりを灯し、癒やしてくれる心のマッサージ。情けは人のためならずといいますが、実際、僕はボランティアをして人に喜んでもらうことで、どれだけ力をもらったかしれません。

僕は２０１０年に妻と母を続けて見送りました。妻がとても可愛がっていた愛犬までも同じ時期に見送ったのです。

それまで賑やかだった我が家は、自分が動かなければ何ひとつ物音さえしない寂しい場所になりました。

高須病院に行っても、もう尊敬する母はいません。

その悲しみが癒えないまま、東日本大震災が起こり、僕はその壮絶な被害に茫然としました。

大切な家族を亡くして、立ちすくんでいる方々の気持ちが痛いほどわかりました。だからこそかける言葉も見つからず、僕はただただそんな方々を抱き締めることしかできませんでした。

震災では住職やお寺が流されて、亡くなった家族にお経のひとつもあげることができないと胸を痛めている方が大勢いました。

医者というのは心と体を診るものですから、体の傷はもちろん、心の傷もある程度まではやわらげることができます。しかし、大切な人をこのような形で亡くした方は、亡くなった方を供養してあげなければ決して救われません。そういう点においては、医者は無力です。

そのように感じたこともあり僕は出家し、僧になることを決心しました。

〝世のため人のため〟が安らぎをもたらす

父方の曽祖父は浄土真宗の僧侶で、説教をすればたくさんの信者さん達が涙し、〝今釈迦様〟と呼ばれるほど慕われていたそうです。祖父は医者でしたが、確かに信心深い家でした。

飛んでいる蚊を殺そうとすると、祖母に、

「生き物はみな命がつながっているから、殺生はいかん」

と止められました。

「お前の血を吸って子どもを産むのじゃ。喜んどる。可愛いのう。生まれた子どもは血をわけた兄弟じゃ」

そう言って僕の血を吸う蚊を愛おしそうに見るのです。

母方の祖母は生粋の科学者で、無神論者でしたから、蚊を見れば、

「あっ！　蚊が血を吸っとる！　日本脳炎になる！」

バシン、とひと叩き！　血をわけた兄弟はみな殺しです。

それでも三河人の気風でしょうか。高須家でも、特に母は信仰が厚く熱心に寺に寄進をしていました。

このように小さな頃から、仏教は身近なものでした。

ですから東日本大震災で亡くなられた大勢の方を、そして妻や母を弔うために得度しました。

そして亡くなった方々を弔うことで、僕自身が救われていると感じます。
心の安らぎを求める方は、誰かのために何かをすること。それが僕からの処方箋です。

第九章

仕事も人生も目標はいらない。どこまでいけるかを楽しむ

仕事は「どこまでいけるかな？」を楽しむ

よく、成功の秘訣は目標設定といわれますが、僕はそう思いません。目標を決めたら、そこが限界ではありませんか。

祖母がまだ存命だった頃、僕は大好きな祖母に長生きしてもらいたくて心を込めて言いました。

「おばあさん、１００歳まで生きてくださいね」

ところが祖母から返ってきたのは、思いがけず不機嫌な声でした。

「１００歳などと切らないでおくれ。そんな風に切られたら悲しくなる」

確かに目標など決める必要はなかったのです。

死ぬまでの間に何が起こるかを楽しむのが人生。起こる出来事を流動的に対処しながら、行けるところまで行けばいいのです。仕事も同じで、やれるところまでやる。

麻雀もやりながら流れで上がり手を決めるものでしょう？　やっていく中でドラがいっぱいつくかもしれませんし、何が集まってくるかわからないというのに初めから、

「私は平和《ピンフ》（そろえやすいが点数が低い役）でいいんです」

なんて言ったらつまらない人生です。

目標を決めると、それにとらわれてしまうことが多くあります。視野が狭くなって、その目標に関わること以外は、目に入らなくなってしまうのです。

高須クリニックは大きな売上を上げるチェーンになりましたが、それを目標にしてきたわけではありません。最先端の美容整形を提供したいと考え、世界中の新しい技術や機械を見たり取り入れ、自分自身でももっと安全で効果が高い施術を開発できないかと考え、技術を磨いてきたからこそたくさんの患者さんに来てもらえるようになり、大きなクリニックチェーンになったに過ぎません。

最終的にお金を払う人を幸せにせよ

目標にこだわり過ぎると、肝心なお客様が見えなくなることがあります。仕事はお金を出してくれるお客様本位であるべきです。

僕のような医者やサービス業、営業のように、お客様を直接相手にする仕事でなくても、仕事の先には必ずお金を払うお客様がいるはずですから、その人のことを考えればよいのです。

美容整形外科医は技術だけでは一流にはなれません。基本的には患者さんに満足感を与えるビジネスなのですから、相手の心に寄り添って、十分なコミュニケーションを取らなければいけないのです。

そもそも外見と心というのは強くつながっているものですから、心をケアしなければ相手の要望通りの手術をしても、納得してもらえないことも多いのです。

しかし、しっかりカウンセリングをすればそれだけ時間がかかり、診られる患者さんの数は減るわけですから短期的に見れば営業効率も悪くなります。おまけに僕の場合は患者さんが、

「目を大きくして鼻筋を通したい」

といったリクエストを出してきても、全体のバランスを考えてよくなると思えなければ、

「あなたの鼻は低いほうがバランスがいい。目だけやったらいい」

というように、自ら売上が減るようなことも平気で言ってしまいます。

とはいえ、世の中で最も強い宣伝は口コミですから、患者さんが満足してそれを広めてくれれば結局はプラスになるのです。

腕や学歴だけを自慢に、患者の顔も見ず、必要以上の話はせず、カルテだけを見ているような医者は開業しても食べていけません。そんな医者は研究室にこもっていればいいのです。

これはどんなジャンルでも同じことがいえるでしょう。とにかく売上を上げたくて、車を買う相手に口八丁手八丁でたいして必要でもないオプションパーツをつけさせれば、一時の売上は上がりますが、本当のことがわかればお客さんは、

「騙された。もうあそこで買うのは止めよう」

と思うものですし、人にも言うでしょう。

逆にあまりよくないオプションパーツを買おうか迷っているお客さんに、

「ここだけの話ですが、これはあまり性能がよくありません。その辺のカー用品店でもっと安くていいものがありますよ」

などと教えてあげれば、まったく逆のことが起こるのです。

プライドを持って仕事をするというと、変に高圧的になったり上から目線になる人がいますが、本当にプライドを持って働くというのは、お客さんに満足してもらうということです。

リスクヘッジも過ぎればお客様を置き去りにする

患者さん本位の治療をするというのは、本来であれば開業医に限らず、有名な大学病院であろうと、大きな医療施設であろうと同じことがいえるはずなのです。しかし、高齢者は増える一方で病院は減ってきていますから、どんなに無愛想で冷たい医者でも、患者は我慢するしかありません。

無愛想でも最善の手を尽くしてくれる医者ならまだいいでしょう。しかし最近では保身ばかりを優先している医者が増えているように思えてなりません。

医は仁術という理想はあるものの、現実は医もやはりビジネスです。ですからなるべくリスクを避けるのが王道。その結果、手に負えなそうな患者は受け入れてもらえず、たらい回しになっています。

受け入れてその患者さんが亡くなれば、自分が治療した患者さんの死亡率は上がりますし、遺族から訴えられるというリスクも高くなりますから、医者や病院にとって確かにいいことはないのです。

しかし、助けを求めているというのに、医療を受けることもできずに救急車の中で息を引き取らせるなどということは、本来であれば医者として絶対にさせてはいけないことではないでしょうか。

また、世間でも余命3カ月といわれたら、だいたい6カ月ぐらいは生きられると知っている人も多いように、なるべく暗い予測を患者さんに告げる医者も少なくありません。なぜなら本当の見立てである余命6カ月を告げてから病状が急変し、5カ月しか生きられなかったら医療ミスを疑われるなど、医者にとっていいことはないからです。

余命に限らず、医者が自己保身のために必要以上に情報を開示するために、生きる気力を失ってしまう患者さんもいます。

「治療はするが限りなく見込みはない」

「今の医学では何もできない」

そんな思いやりのかけらもない言葉を、よくも患者さんに伝えられるものです。

医学は毎日進歩しているのですから、希望を失わない限り、明るい明日を期待する権利は誰にでもあります。しかしリスクを避けるために患者さんから希望を奪う医者達のビジネスライクなドライさには、正直強い怒りを覚えるのです。

僕が理事長を務める高須病院では、どんな患者様にも希望を失わせないのがポリシーです。最近よく、ホスピタル・クラウンという、病院、主に小児科で子ども達を笑わせて勇気づけるボランティアのピエロが話題になりますが、笑顔、希望、喜びというのは、確かに人の生命力を高めていると思うのです。

リスク覚悟でお客様と向き合えるか

リスクを避けるという意識は、治療方針にもあらわれます。

致死率の高い病気なら無難な治療をしておけば患者さんが亡くなっても、訴えられることはあまりないでしょう。しかし、可能性は少ないながらも余命を大きくのばせるかもしれない、根治できるかもしれない治療法に果敢に挑戦し、手術中などに亡くなってしまえば裁判沙汰になりかねません。

そのような治療を試みる医者はセカンドオピニオンでも、法廷でも、

「無謀過ぎる」

などと悪口を言われて、哀れな末路をたどることが多いのです。

悪口を言うのは、高みの見物を決め込む卑怯者。医者がチャレンジせずに医療が発達するものか。特に医療では昨日は非常識と思われた治療法が、明日には常識になっていることもある世界なのですから、他人の挑戦を高みから笑うのはナンセンスとしか言いようがありません。

少し前にハリウッドスターのアンジェリーナ・ジョリーが乳がんの予防処置的に乳腺を切除し、シリコンインプラントを使った乳房再建手術を受けたことが話題になりましたが、数十年前にアメリカで乳がんを撲滅するといって同様の手術をした医者は、非難囂々で結局、医師免許を剥奪されました。

その時、彼を非難した医者達は、その手術で救えたかもしれないたくさんの女性から命

綱を取り上げたようなものではないでしょうか。

もちろん、リスクのあるチャレンジをするなら、患者さんとの信頼関係は欠かせず、そのためにはやはり一層のコミュニケーションが必要です。

医療に限らずどんな仕事でも、コミュニケーションを取り、信頼関係を築くというのはビジネスの基本です。メールが発達したことで、コミュニケーション不全に陥っている人が増え、緊張する相手、言いづらいことはすべてメールにまかせてしまうことが多いと聞きます。しかし、それでは信頼関係はなかなか築くことはできません。そればかりかいらぬ誤解を招いて相手を怒らせてしまうこともあるでしょう。

大切な話は直接会って話す、最低限、電話で話す。それほど大切な話でなくても、たまには直接話して距離を縮める。そんな当たり前のことを実行するだけでも、仕事が好転していく人は多いはずです。

仕事に見合えばいくらもらってもボッタクリではない

売上だけを見て働くのはいいことではありませんが、いい仕事をした結果として、水準以上のお金を稼ぐというのは決して悪いことではありません。

日本では病気を治すのは神の手が手術をしようと、ぺーぺーがやろうと同じ値段ですが、世界的に見てそんな国はそれほどありません。医者は自分の腕によってそれぞれ値段をつけていて、患者は自分の保険やお金と相談しながら医者を決めるのです。

日本では健康保険制度が当然になっていますから、自由診療の美容整形でも、神の手だからといって桁違いの手術代を出すという人はほとんどいないのではないでしょうか。

しかし、各国の神の手とあがめられる美容整形外科医は、日本人なら目玉が飛び出すような報酬を得ています。王族や大女優など、本物のセレブリティを相手にしているのですから、それもそのはずです。

僕が尊敬するブラジルのピタンギー先生はその代表です。大豪邸に住み、プライベートジェットで診察に出かけるというレベルの違うお金持ちですが、グレース・ケリーやエリザベス・テーラーといった超セレブから絶大な信頼を寄せられてきた先生です。

F1レーサーのニキ・ラウダが事故で再起不能な状態に陥っていたところを救ったのも、シュールレアリスムの巨匠、サルバドール・ダリが絵筆も持てないほどの大火傷を負った時に復活させたのもピタンギー先生。お金には替えられない仕事をしているのですから、どれだけ報酬をもらっても、高過ぎるということはありません。

ピタンギー先生は美容整形で稼いだ収入をもとに貧民病院を運営しています。そこでは貧しい人なら完全に無料で治療を受けることができるのです。まさしく医は仁術。

僕も高須クリニックでは適正な施術料をいただき生計を立てていますが、その分、高須病院では無給で働いています。母が理想を具現化するために私財を投じて設立した高須ケアガーデンやグループホームでも、僕達はずっと無給でした。

仕事のレベルを上げて、それに見合った収入が得られれば、自分がやりたいことにお金を使うことができます。それがまた励みや刺激となり、仕事も好転していくのです。

僕が危惧する美容整形外科界の未来

お客様を置き去りにしてまでお金を稼ごうとすれば、やがて客離れが起きて崩壊するのは時間の問題でしょう。

僕は今、美容整形外科界がそのような危機に陥っているのではないかと大変危惧しています。

実は日本美容外科学会はふたつ存在しています。ひとつは開業医系の美容整形外科医が集まり、もうひとつは大学病院などに所属する医師が集まっています。

このふたつの学会は互いに、

「営業の仕方もわからないかたぶつ医者」

とか、

「金儲けばかりしているクズ」

とか言って、バカにし合っています。

しかし、最初は完璧にきっちりわかれていたふたつの学会も、世代交代をしていくと開業医の息子が大学の教授になったり、逆に大学教授の子どもが開業医になったりということが起こり、境界線も曖昧になってきました。

僕はつねづね同じ名前でまったく別の学会がふたつあることは、患者さんにとってはまったくプラスにはならないと考えてきました。なぜならそれぞれ認定医として認めるレベルをはじめ、さまざまな基準がまったく違いますが、患者さんは余程熱心に調べない限り、そのようなことはわからないからです。

ですから僕は呼びかけました。

「もういい加減に怨念を引きずるのは止めて、一緒にやっていこう」

そして合同の美容外科学会を開催することまで決めていたのです。

しかし、その直前に東日本大震災が起こり、話はとん挫してしまいました。

利益至上主義は王国崩壊の近道

合併の話が停滞しているだけならまだよかったのですが、震災でみなが忙しくしている間に、合併を快く思っていなかった開業医系の学会が画策して、僕はいつの間にか執行部から外されてしまいました。突然、

「先生は高所から僕らを見守っていてください」

と感謝状が送りつけられて、一方的に解任です。

僕を外して何をするのかと思えば、次の学会で、

「来た人全員に専門認定を与えます」

と認定医資格の大盤振る舞いです。

認定医というのはあらゆる診療科にあって、経験と高度な技術を持っている医師に付与されます。医師選びの基準にしている患者さんもいます。ですから、いい加減に付与してよいものではないのです。

僕が執行部にいた時は、医者の技術だけでなく人物像、診療所の設備や評判、事故はなかったかなどを調べ、さらに論文も提出してもらい審査するので、30年で20人ぐらいしか付与しませんでした。

だからこそ認定医は患者さんに自信を持っておすすめできる医師だったのです。

それが学会に来さえすれば認定医だなんて、あり得ません。

認定医になると、それに付随するさまざまな会の会員にならなければいけないシステムを作り上げ、学会はそれらの登録料や更新料でガッポガッポ。

それまでに認定されていた医師もそういった会員費などを支払わないと認定医を取り消すなどと言い出したので、いい加減僕も頭にきて、

「そんなのはディプロマミル（学位商法／資格商法）だ！　僕は払わんから、クビにする

ならしてみろ」

と怒ったら例外的に払わなくていいと言われましたが、当たり前ですよ。

学会には歯科医もたくさん来ていたらしいのですが、そのうち歯科医が口周りのヒアルロン酸注射やボトックス注射を打つようになるのではないでしょうか。学会に来たからには日本美容外科学会認定医なのですから。

実際、口腔外科というのは歯科医が多くて、もともとは歯だけに限定されていたのですが、歯ができるなら顎までいける、顎までいけるなら鼻もいけると、治療範囲が拡大してきた経緯があります。

フィリピンではさらに、顎までいけるなら次は首、胸もと際限なく広がった結果、歯科医が豊胸手術までやって大問題になっています。

いくらなんでも広げ過ぎです！

笑い話のようですが、本当に美容外科の基準が曖昧になり、適当な仕事がされるようになり患者さんを傷つけ、そして日本の美容外科全体の信頼を落としていくのではないかと心配です。

狭い世界の中で食い合うのはバカらしい

美容外科への信頼が薄らいでいくとどうなるかというと、それでも整形したい人はいるわけですから実績や広告力のあるクリニックに人が集中し、そうでないところはどんどんと淘汰されていくことになります。

高須クリニックは実績も、広告力もありますから、実はそうなるとむしろおいしい面はあるのです。

しかし、そうなると裾野が広がらなくなりますし、風通しも悪くなって、日本の美容整形外科全体のレベルが上がっていきません。

韓国は今、整形大国を前面に押し出して、中国などに進出し、主要産業として成長させています。

本当は日本のほうが技術水準は高いのです。韓国に美容整形の技術を指導したのは僕をはじめ日本人なのです。そして僕達が教えていた韓国人の医者が集まって作ったのが大韓美容外科学会であり、僕はその名誉会長でもあります。しかし、最近では韓国の美容整形技術はどんどん躍進してきて、日本との差はかなり詰められています。

日本で足を引っ張り合うような醜い闘いを続けるぐらいなら、もっと視野を広げて世界に進出していくべきではないでしょうか。個人でそれをやっていくのは大変かもしれませんし、韓国のように国がおぜん立てはしてくれませんが、それこそ統合した日本美容外科学会でやっていけばいいのです。

仕事でお客様を見失うと、仲間同士のもめごとなど余計なことに力を使い、仕事の質は低下するばかりです。お客様に喜んでもらえる仕事をするという当たり前のことが、結局は商売繁盛の一番の秘訣なのです。

余談ですが、この話を読んで美容整形に行きたいのにどうやって医者を選べばいいのかわからなくなってしまったという方は、僕が会長を務めている日本美容外科医師会で認定している医師または医療機関をおすすめします。

この団体は阪神・淡路大震災後、被災者の方に無料で治療をするという僕の考えに賛同してくれた医者達と発足させたＮＰＯ美容外科医師ボランティアの会が元になっており、それを非営利活動法人日本美容外科医師会へと発展させたものです。

ここではさまざまな項目をクリアしなければ認定医療機関にはなれません。

フェイスブックも開いていますが、僕が開設しようと思った時には既に日本美容外科医師会でアカウントが取られていたので、〝本家日本美容外科医師会〟になっています。先に日本美容外科医師会でアカウントを取っていたのは、韓国の美容整形外科医でした。もちろん日本美容外科医師会とは無関係ですよ。試しにメンバー申請してみましたが、拒否されました。僕が日本美容外科医師会の会長なのに……。

そちらのフェイスブックの記事はほとんどハングルでたまに英語。だから間違えないとは思いますが、まったくの別物ですからお気をつけください！

第十章 死体の横に包丁を持って立っていても無実を疑わないのが信頼

信頼し応援すると決めたら最後まで貫け

もしあなたが、自分は後輩や部下に恵まれないと思っているのであれば、それはあなた自身の覚悟が足りていないのかもしれません。

仕事に限らず、誰かにのびてもらいたいと思うなら、心から信頼し、応援するという姿勢を貫き通さなければいけません。

「ちょっとぐらい失敗してもこの人は守ってくれる」

という信頼があって初めて、その人達はのびのびと実力を発揮できるようになり、結果が出るからです。

見習うべきは北の湖親方ではないでしょうか。以前、弟子が大麻取締法違反で捕まったことがありました。その弟子は尿検査の結果は陽性だったのですが、家宅捜索をしても大麻が見つからなかったため有罪にはなりませんでした（日本では所持や売買は罪になりますが、使用についてはなぜか罪になりません）。

とはいえ大麻を吸っていたとなれば、大相撲界追放は当然です。しかし、その弟子は最後まで認めませんでした。

「大麻を吸っている人がたくさんいる店には行ったが、自分は吸っていない」

受動喫煙で尿検査が陽性になったというのです。そのような非現実的な話は「そんなバカな」が普通の反応だと思います。

しかし、北の湖親方は、

「警察が何を言おうが自分は信じる」

と最後まで信じるという姿勢を貫きました。世間では相撲協会理事長の座を守るために認めなかったという声もありましたが、決してそのためではなかったと思います。

そうやって弟子を信じる姿を見れば、ほかの弟子達も、

「いい親方だ。ずっとついていこう」

と思うではありませんか。

大げさにいえば、誰かを信じて応援すると決めたのなら、その相手がもし死体の横で血に濡れた包丁を持って立っていたとしても無実を信じてやれるだけの覚悟が必要だということです。

リスクがあっても最良の結果を出してやる

本気で指導しようと思ったら、時間も労力もかかりますし、リスクを抱えなければいけないこともありますから覚悟も必要です。

高校時代、少し乱暴ではありましたが、本気で生徒のことを考えている先生がいました。僕は中学校まで学校の先生にはいい想いがなかったので、強く印象に残っています。

その先生は柔道部の顧問の先生でした。僕が通っていた東海高校には1クラスだけ柔道推薦枠のクラスがあったのです。みんな頭はよくありませんでしたが、柔道推薦で有名大学にも行くことができるようになっていました。

いや、頭がよくないなどと、かなり遠慮した表現をしましたが、実際はかなりのバカが多かったというほうが正しいでしょう。大学の推薦の試験は名前さえ書けば受かるようになっていたのですが、その名前さえ書き忘れて不合格をくらった生徒もいたぐらいでしたから。

しかし、そんな柔道一直線の生徒の中にも、周りを見渡せば秀才ばかりですし、血迷う生徒も出てきます。

「もしかしたら勉強をすれば普通に大学に入れるかもしれない」

そんなことを思い、突然勉強を始めるのです。するとその先生はひどく怒って、

「バカヤロー！　お前が勉強して入れる大学などどこにもないぞ！　そんな暇があったら打ち込みせんかい！」

と、勉強を止めさせます。しかし高校を卒業するのにも平均点が60点以上ないといけません。それでもその先生は、

「大丈夫！　俺が絶対卒業させてやる」

と豪語するのです。

実際、その生徒は60点も平均点は取れませんから、当然、職員会で問題になるわけです。

するとその先生は、

「俺が点数をつけ直す」

と言って〝体操３００点〟という暴挙に出ます。当然、１００点満点なのに３００点はいかんとなりますが、先生はまた大いに怒り、

「バカヤロー！　お前らの中にあいつと組んで勝てる奴が一人でもいるのか⁉　オリンピックも狙えるような逸材なのだから、点数がよくてもいいじゃないか！」

と力技で押し通し、結局生徒を卒業させ大学にも入学させました。

せっかく生徒が勉強しようとしているのにそれを止めさせて柔道だけをやらせるなど、今なら批判が起こるかもしれません。しかし、その時点から勉強を始めたところで、大して身につくはずもないのです。それなら得意の柔道をのばして有名大学に入るほうが生徒の将来には大きなメリットがあります。

先生にとってはリスクの大きな道だと思います。学校からはよく思われないでしょうし、先生の理屈が通らずに留年になれば親からクレームが出るのは必至。生徒のことを本気で思わなければできる指導ではありません。

乗った船には火がついても下りるな

応援したら貫けというのは、個人に対してだけではありません。何かの慈善事業など、さまざまな活動にも感銘し応援すると決めたのなら、ぜひ最後まで貫いてください。それがパートナーシップというものだからです。

また、絶対にぶれない態度は自分自身の人間としての深みも増してくれるはずです。

最近、がっかりしたのはテレビドラマ『明日、ママがいない』の一件です。

僕はたまたまこのドラマの第一話を見て、「つかみのいいドラマだな」と思っていました。しかし視聴者や養護施設などからクレームがきて、結局、スポンサーは反感を買うのが怖くてみんな降りてしまいました。

僕も子どもの頃にはひどいいじめに遭いましたが、人が集まれば色んなことが起こるのは当たり前です。それにドラマなのですから過剰に演出されているのは周知のことではないですか。

セリフひとつひとつを取り上げて「差別だ」「傷つく人がいる」というのは過剰反応です。ごく一部だったとしても養護施設やそこで働く人に問題があったとしたら、それをあぶり出すいい機会になったのではないでしょうか。ほかに行き場のない養護施設の子ども達は、ひどい目に遭っても声をあげることはできないはずです。

実際に児童養護施設で暮らす子どもへの施設職員からの虐待増加が報告され、報道もされているではありませんか。でも、報道だけではそれほど注目されませんから、『明日、ママ』はそれを周知させるいいきっかけにもなり得たと思うのです。

ドラマに出演し、頑張っている子ども達だって可哀想ではありませんか。大人の事情で振り回されて、傷ついたはずです。

だから僕は逃げてしまったスポンサーに代わって、番組を引き受けようと決めました。すぐに10億円用意し、広告代理店に連絡したのです。ところがテレビのスポンサーは年間契約になっているらしく、途中で代わることはできないと言われました。それでも僕は資金提供すると提案しました。つまりテレビ局にも広告代理店にも二重にお金が入るように提案したのですが、それも断られてしまったので、その10億円は恵まれない人に渡るように『かっちゃん基金』を作りました。

その一件は僕がツイッターでつぶやいたせいでもあるのですが、話が広がり過ぎてしまい、僕の売名行為だという批判も出ていたようです。しかし、僕は今さら売名する必要などありません。これ以上クリニックが繁盛したら、もっと働かなくてはいけなくなります。CMも番組に沿うように、急きょ、安藤美姫ちゃんにスケジュールを調整してもらい、頑張る子ども達をクローズアップした内容のものを制作していたのです。

番組の内容を聞いて共感し、応援しようと決めたのなら、スポンサーは最後まで面倒を見るべきです。ちょっと周囲がうるさいことを言い始めたら、すぐに自分は関係ないと逃げてしまうなんてパートナーとは言えないではありませんか。

スポンサーを降りなければ一時的に売上が下がった〝かも〟しれませんが、

「私達はこのドラマに、こういうことを期待している。だからスポンサーを続ける」

と表明していたら、少なくとも僕はそのメーカーがお気に入りになったと思います。

ぶれない姿勢こそが人の心を動かす

僕はさまざまなものを応援するタニマチです。

ジャンルは問いません。

僕のタニマチ精神は間違いなく、母譲りです。郷ひろみ君のタニマチを始めたのも、元々は母が病院に診察を受けに来たひろみ君を気に入って応援し始めたのがきっかけです。

せっせとお寺への寄進や困っている人に寄附をして、銀行口座はだいたい空っぽ。

いじめられている人や、困っている人は絶対に放っておけない人でした。

そんな母の深いタニマチ精神を、身をもって知った一件がありました。

僕が子どもの頃、母が熱心に応援していたのは宝塚の頑張る若い団員。全然パッとしませんでしたが、母は主役級の団員には目もくれず応援し続けました。

そんな折、大東亜戦争が始まり、宝塚歌劇団も散り散りに。その若い団員の行方も不明のままでした。

それからかなりの時が経ち、僕が医大の五年生だった頃、その一件は起こります。僕達のたまり場だった貧乏たらしいバーの、これまたガリガリにやせて貧相なママを交えて麻雀をしていた時のことです。僕は大敗を喫し、手持ちのお金では足りない分を母に無心するため実家に電話をしたのです。

当時はまだ交換手を呼び出して電話をつなげてもらう時代。

「愛知の一色局をお願いします」

と言うと、ママが血相を変えて飛んで来ました。

「かっちゃん、君のお母さんって登代子先生？」

「そうだ」

と答えると、僕から電話をひったくり、喋りながらみるみる間に号泣してるではありませんか。

みなさんお察しの通り、そのママこそ母が応援していた宝塚団員だったのです。母は大いに喜び、翌日上京。ママと再会を果たします。そして具合が悪いというママの診察をした母は、

「大丈夫、何ともないわ。念のため、いい先生をお世話します」

そう言って入院させました。ママには言えませんでしたが、進行した肺がんでした。

ママは天涯孤独でしたので、治療費はすべて母が負担しました。そしてたびたび上京しては、楽しくおしゃべりをしながらママを励まし続けていました。

結局、ママは半年後に亡くなりました。

一度、応援すると決めたら、最後の最後までそれを貫き通す。僕が母を尊敬する姿勢のひとつです。

このような母ですから、多くの人に愛されて、誕生日にはいつも部屋が贈られた花やプ

レゼントであふれかえり、病院ではいつも患者さんに囲まれていました。

誰かを応援するというと、応援する側のほうが上という意識を持つ方がおられますが、それは違います。偉そうに上から物を言えば、相手は反感を持つだけです。応援するほうは目線を下げて、心を通わせなければいけません。

僕ももっともっと目線を下げて、必要としてくださる人の手を取り、励まし、頑張る方々をぶれない姿勢で応援し続けていきたいと思うのです。

第十一章

古臭いことなどあるか！
我を通すなら筋と義理を通せ

我を通したければ義理や筋を通す

自分の目標を成し遂げるためには、どこかで我を押し通さなければいけない時がありま
す。そんな時に、自分に負い目があると、無意識のうちに押し切ることができず、いい結
果が出せないことがあります。

負い目になるのはどこかで手を抜くとか、義理をないがしろにする、そして物事の筋道
が通っていないことをするといったことではないでしょうか。

僕は少々強引な行動に出ることもありますが、その分、やるべきことで手は抜きません
し、義理も筋も通します。

たとえばクリニックで一生懸命働いてくれたドクターが独り立ちできるほど腕を上げて
巣立ちたいというのなら、僕は必要なだけサポートします。筋を通してくれれば、僕も義
理を果たすのです。

また、十年以上前に高須クリニックで豊胸手術を受けて広告塔になってくれた女流棋士
の林葉直子さんに、広告塔として今もギャラを支払い続けていることが報道された時に大

変驚かれたのですが、林葉さんの功績を考えれば当然のことだと思うのです。

現在、林葉さんは重度の肝臓病を患っており、その治療に対しても何かサポートしたいのですが、林葉さんは現在九州にお住まいになっているので、アクセスが悪い高須病院に通うのは逆に体に負担をかけてしまいます。入院していただいてもかまわないのですが、林葉さん自身が、

「高須クリニックのイメージキャラクターである自分が、高須先生の病院で死んだら迷惑がかかる」

と固辞されるのです。そのように義理堅い林葉さんだからこそ、僕に限らず、たくさんの人が何かしてあげたいという気持ちになるのではないでしょうか。

筋を通さず逃げても何も解決しない

僕は筋や義理を通すことを大切にしている分、逆にそれが通らない時には強く憤りを感じます。

前の章で一度信頼し、応援すると決めたら、最後まで貫くことが大切だと書きましたが、

僕自身、途中でテレビ番組のスポンサーを降りたことがあります。『5時に夢中！』という番組で、出演していた西原理恵子が放送禁止用語を発したことで降板させられたことがきっかけです。

そもそも僕がスポンサーをしていたのは、西原をきっかけに知り合った友達がたくさん出演するので、西原に、

「友達なんだから、スポンサーしてよ」

と頼まれたからです。そして僕がスポンサーを始めてから、僕や西原も出演するようになりました。

降板になったと聞き、僕は西原のファンでもあるので続投してほしいという要望がありましたが、テレビ局にも事情があるのでしょうから、きちんと話し合うつもりでした。

しかし、西原の降板についてテレビ局に確認を入れたら、ひたすらお茶を濁すのです。ですからずっと押し問答です。

「偉い人が言っているので」

「それは誰だ」

「名前は言えません」

「その偉い人と話をさせろ」

「もう異動しましたから」

すぐにわかる嘘で、とにかくうやむやに済まそうとします。僕は西原が降板させられたことよりも、むしろそのような態度に腹が立ったのです。偉い人のせいにしていないで、「あんなことを言われると困ります。テレビ局としての品格が落ちますからもう出演してほしくないんです」

と堂々と言えば、筋は通るではありませんか。それであればもっと違う話し合いができたと思うのです。けれどもそうやってうやむやに解決しようとするので、その失礼な態度に対する僕の意思表示としてスポンサーを降りました。

それにしてもテレビ局はいい加減で、降板を決めた時点で、既に翌週までのスポンサー料は支払ってあったため、お金は返さなくてもいいからＣＭは流さないでほしいとお願いしたのですが、

「もう間に合わない」

の一点張りです。それではと、ＣＭにモザイクをかけるようにお願いしても、

「そんな技術はありません」

と検討する気さえなく、結局ＣＭが流れてしまいました。そんなのおかしいですよね。だってＡＣジャパン（旧・公共広告機構）のＣＭに差し替えればいいだけですから。東日本大震災時にはすみやかにＡＣジャパンのＣＭに切り替わったように、それぐらいのことはすぐにできるはずなのです。それにもし高須クリニックが不祥事を起こしたのであれば、当日の分でもすぐに差し替えてしまうはずです。


スポンサーだからといって、何でもかんでも黙って受け入れるわけではありません。賛同できないことがあればしっかり伝え、話し合います。それが本来、パートナーシップであるはずなのですが、話し合いのテーブルにも乗らないというのは、筋が通らないですし、すでにパートナーではありません。

強引に意見を通しても長くは続かない

女子アイスホッケーチーム、スマイルジャパンのスポンサーを止めたのも、筋が通らな

いからです。

僕がスマイルジャパンの記者会見に寄附金を持参して、締め出しをくらった事件は、報道もされたのでご存じの方もいるのではないでしょうか？

僕はソチのオリンピック出場を決める前から女子アイスホッケーチームを応援してきました。

きっかけは日本アイスホッケー連盟の会長に依頼されたからです。僕は大学時代アイスホッケー部に所属していたのですが、その時のコーチだった人が会長を務めているのです。

その頃、僕は人工歯根を埋め込むインプラント手術が失敗して、極楽浄土に半身を突っ込んだ状態で入院していました。下顎の骨を取って上顎の歯の土台を作ったのですが、それがガッポリ取れてしまって、血と膿がドバドバ出ていたのです。

「口の中に小さな宇宙がある」

西原がそうおののくぐらいの混沌です。

意識は朦朧としてくるし、食べることもできません。

僕は色んな手術を受けてきましたが、あんな大失敗は初めてです。執刀した歯医者は治しようがないと逃げてしまうし、本当に大変でした。

そんな折、会長から、

「お金が集まらないので支援をお願いします」

と連絡をいただいたので、病院まで来てもらい話をまとめたのです。

僕は女子アイスホッケーチームは見込みがあると思っていましたから、ソチの出場権をかけた試合もスロバキアまで応援に行きました。まだ世間ではまったく注目されていなかったので、日本人で応援に来ていたのは選手の家族や大使館の人ぐらいのものでした。10人ぐらいしかいなかったかと思います。それでも僕は仕事の合間を縫ってスロバキアまで行くほど熱心に応援していたのです。

ところがオリンピック出場を決め、世間からものすごい注目を浴びるようになったことで、日本アイスホッケー連盟にもさまざまな思惑が出てきたようです。僕はオリンピック出場を決めたお祝いに、スマイルジャパンの強化費として1億円寄附することを決め、選手に直接渡すことにしました。それならきちんと選手に渡るであろうし、モチベーションも上がるからです。

ですから1億円をスマイルジャパンが集合する記者会見の会場に持参しました。本当は現金で持って行きたかったのですが、事前に確認すると会長に現金はやめてほしいとお願いされたので小切手にして持って行ったのです。しかし、事前に確認したというのに、当日は会場にも入れてくれませんでした。

僕が目立ち過ぎるとほかのスポンサーがつきにくいと思ったのかもしれません。しかし、僕は死にかけている時に支援を決めて、オリンピック出場が決まる前から熱心に応援し続けてきたのです。困っている時に頼るだけ頼り、うまくいったら知らぬ顔をするような態度には、心底頭にきました。

きちんと事前に確認をして、相手の要望に合わせて譲歩までしたのに、結局ダメですというのは筋が通らないと思うのです。

選手に直接300万円ずつ寄附をするから取りに来なさいといいましたが、多分連盟から止められたのでしょう、誰も来ませんでした。

僕はただ彼女達の生活を楽にしてあげたかったのです。せっかく実力があり、チャンスも来ているのだからアルバイトなどしないで、アイスホッケーに専念させてあげたかった。

しかし、協会に寄附をしても本当に選手のために使われるのかわからないという不信感がありました。

実際、あとからシステムがわかってきたのですが、連盟に寄附をしてもそのまま女子の強化費に使われるわけではないそうです。男子の強化費に回ったり、役員報酬に回ったり。それでは税金と同じではないですか！

そんなゴタゴタがあり、結局1億円を寄附するのは止めました。高須克弥記念財団という僕が設立した基金から何百万円か寄附をしたり、日本で開催された強化試合のスポンサーをしただけです。

選手には東京だけにはなってしまうのですが、焼肉をいつでも好きなだけ食べられるようにしました。知り合いの焼肉屋に頼み、選手が来たら後から僕に請求が回るようにしてもらったのです。このサポートはとても喜んでくれたようです。

スマイルジャパンは第二のなでしこジャパンのように盛り上がっていくと算段していたようですが、結局、思ったよりスポンサーはつかなかったようです。協会の思惑に振り回されて、選手はとても気の毒でした。

筋や義理といったものを通さなくても、まったく負い目になど感じないという人もいるでしょう。しかし、そのような人間関係の基本を無視すれば、他人から信用されませんから結局、我を通すことは難しくなります。

仮に強引に押し通して仕事がうまくいったとしても、そのうちに足を引っ張られたり、窮地に陥っても誰も助けてくれなかったりして長くは続きません。驕れるものは久しからず、なのです。

第十二章

面白いことだけやっていれば人生はうまくいく

思わぬ発見のために〝迷ったら、やる！〟

人生を充実させるには好奇心を持って、チャンスがあれば何でもやってみるという子ども並みの好奇心とフットワークの軽さが大切です。

僕は興味を持ったらすぐに取り入れてみる性質《たち》。ですから古希を迎えたじじいですが、ブログもツイッターもかなりの経験者です。こういったSNSを取り入れたことで、ふだん接することのない若い人達とも交流が持てるのはとても刺激になります。ツイッターは病気で寝たきりになっている時でも更新してしまうので〝ツイ廃〟（ツイッター廃人）と呼ばれているぐらいです。古希のツイ廃なんてイカすでしょう？

本当は暇で孤独な年寄りほど、SNSのようなものを取り入れたほうがいいと思います。時間もつぶれますし、仲間もできますから。でも苦手意識が強過ぎて、すすめてもなかなかチャレンジしてくれません。何しろ未だに、

「文明の利器には頼らん」

と、ガラケーさえ持たずに通している人もいるぐらいですから。

声をかけていただいたので何度か俳優としてドラマに出たこともあります。医者の役なので楽勝だと思ったのですが、僕は監督の医者のイメージとは程遠かったようです。

「あー、ダメ、ダメ！　もっと眉間にシワ寄せて深刻な顔して」

と怒られてしまいました。監督は医者が手術する時は偉そうな態度で深刻な顔して、脂汗をかいていると思っているのです。でも、そんなのはヤブ医者です！　僕は診察でも白衣は着ませんし、患者さんと話す時も、

「大丈夫だよ〜〜〜」

と明るいノリですから、本当の医者なのに、

「もっと医者らしくして！」

と、ダメ出しばっかりでした。

美容整形をポピュラーにするためという目的はありましたが、ワイドショーなどのテレビ番組にレギュラー出演をしたり、海外映画のアテレコをしたこともあります。ちょっとしたマルチタレントのようですね。

結局、僕は医者としての仕事が一番上手にできると思っていますし、一番面白いと思う

ので、医者を続けていますが、もしもっと演技がうまくできて楽しければ俳優になっていたかもしれません。

よく、やりたいことが見つからないと言っている人がいますが、何でも片っ端からチャレンジしていたら見つかるのではないでしょうか。自分では向かないと思っているようなことが合っていたり、予想外なことに才能があったりするかもしれないのですから、何でもチャレンジしてみなければ見つかりません。

迷ったら、やる！　そう決めておきましょう。

若さゆえの財産を無駄にするな！

そもそも僕の行動の基準は、〝面白いか、面白くないか〟、です。いくらお金になることでも面白くなければ絶対にやりません。

「いい儲け話があるんだよ」

と言われてもまったく興味がわきませんが、

「面白い話があるんだよ」

と言われたらほいほい行きます。

面白いことがあり過ぎるので、犠牲になるのは睡眠時間。最近は昔ほど働かなくなった分、長めに寝ていますが、それでも5時間ぐらいのものです。昔は3～4時間睡眠は当たり前でした。遊びたくて寝るのを嫌がる子どもと同じです。

仕事中は基本的に10時間以上立ちっ放しですから年寄りのわりに体力はあるのですが、年々疲れやすくはなっていますね。それでもゴルフを2ラウンドしたら、次は麻雀をするというように、使う筋肉を変えれば体力が持つことに気づき、まだまだたくさん遊べるとわくわくしています。

しかし、もっと養生しないといけないのかもしれません。僕は寝て起きると体がすごく疲れているのです。それは寝過ぎて体力を消耗しているのかと思っていましたが、先日、ふと気づいたのです。本当は起きている間もくたくたに疲れているのに、ボケてきていて疲れているのがわからないだけ。だから寝ることである程度疲れが解消されると正常に戻るだけなのではないかと。

ヤク中のようなものです。クスリが効いている間は疲れなど感じなくてバンバンに活動できますが、切れた途端、ものすごい疲労感がくるというように。やったことがないのであくまで想像ですが。

余生をピンピンと過ごし、面白いことをやり続けるためには、気は乗りませんが養生するしかありません。年寄りじみたことを言いますが、若さは財産です。これは年を取らないとなかなかわからないことです。お金と違って使わなくてもどんどん目減りしていく財産なのですから、あるうちにもっともっと面白おかしいことに使っておかないと大損です。

果報は寝ていてもやって来ない

面白いことがないとくさっている人も多いですが、面白いことは自分で探すのです。そしていつも面白いことをしていると、人もたくさん寄ってくるので、そこで初めて周りからも面白い話が舞い込んでくるようになるのです。

「何か面白いことねーかな」

家で寝転がってぼやいてみても、その辺に転がっているわけがありません。

僕は年を取って若い頃よりも時間の余裕ができてきたので、これからますます面白いことをしようと思っています。

3年ほど前にも、一日（12時間）でゴルフを261ホールプレーするというギネス記録に挑戦して見事達成しました。当時は仕事をもっとセーブしていこうと思っていましたので、ハッピーリタイアメントとして何か面白いことをしたいと、僕にできそうなギネス記録を探してみたのです。そこで目をつけたのが一年でゴルフを600ラウンド回ったというギネス記録です。

当時、毎日2ラウンドはしていましたし、炎天下でも3ラウンド回れていましたからいけると確信したのです。日本では台風が来たり、雪が積もったりと条件的に難しいため、オーストラリアに行くつもりでした。

ところが秘書にNGを出されてしまいました。止めるだけでは僕が聞かないこともわかっているので、代替案として秘書が探してきたのが今回挑戦したギネス記録だったのです。

秘書としては一年も休まれたらかなわないということと、ギネスに登録するには誰かがラウンドについて回り、証拠としてビデオを回さないといけないので、それをやらされると思ったのでしょうね。

まあ、確かにそんな役割はいやですよ。実際に記録を達成した人は、ガールフレンドが撮影とカートの運転を担当したそうですが、

「ひとつわかったことは彼がいかにしつこいかということ」

と話していたそうですから記録は達成しても、ガールフレンドには嫌われてしまったのではないですかね。僕も秘書に逃げられては大変ですから、計画変更です。

ギネス挑戦は意外なほど楽勝でした。日が長くないとできませんので真夏の8月に挑戦したのですが、その日だけは直前に雨が降ったおかげでとても涼しくて絶好のギネス日和！　僕は勝負運があるのです！

ただ途中で一緒に回っていたパートナーがギブアップ状態になったのは計算外でした。ゴルフがうまい人と組まないと時間もかかるし、体力も消耗してしまうので、僕が所属するゴルフクラブのチャンピオンをパートナーに選んだのですが、ティーショットを彼にまかせきりにしていたせいで肋骨が疲労骨折してしまったのです。

とはいえ午前中にかなり進めていたこともあり、無欲でやっているせいかどんどんとスピードがついて1時間半ほど時間を余らせるというぶっちぎりの記録となりました。

年を取ると何かにチャレンジするなどという機会はなくなっていきますから、とても楽しかったです。前祝いをしたり、表彰式をしたり、お祭りのよう。さらに記録を更新したいという想いもありますが、多分、僕達が生きているうちにこの記録は破られるだろうと思います。

〝面白い〟を大事にすれば大成功できる

こうやって何でも面白がる習慣があると、仕事にも大いに役立ちます。

高須クリニックが有名になったきっかけは包茎手術です。

世界的に見ると包茎は治すのが当たり前という国はとても多いのです。なぜならユダヤ教の聖典に〝割礼せよ〟と書かれているから。ユダヤ教の聖典にあるということは、キリスト教やイスラム教でも行われるわけですから、かなりの国において行われているといえますよね。


しかし､当時の日本では包茎を気にするという文化はありませんでした。そこで僕は｢日本でも包茎は治す文化になったら面白いな」と思ったのです。何しろ日本人男性の8割は包茎だといわれていますから、掘り起こすことができればこんな大金脈はありません。

そこで僕は男性週刊誌を総動員して延々と大キャンペーンをはることにしました。たとえば女性に「こんな男性がタイプだ」とか「こんな男性はモテる」といった内容の座談会をしてもらい、最後に「包茎だけはイヤ」というメッセージを出してもらうのです。

そうやって「包茎は不潔だし、女性に嫌われるよ」という暗示をかけていくことで、日本人男性にも包茎は治さなければという意識が芽生ぇ出したのです。

同時に僕はレーザーメスなどを用いて1滴の血も出さずにたった10分で包茎を治せるシステムを開発しました。縫合も皮ふ接着剤と溶ける糸を使いますから、抜糸に来院する必要もありません。

患者さんにとっては負担が少なく、クリニックにしても要領よく行えば1時間で6人もの治療が行えるのですから画期的な方法です。狙い通り包茎手術は大ブームとなり、高須クリニックでは多い日には300人もの包茎手術を行うほどでした。

包茎手術のあとに大流行したのは脂肪吸引です。

脂肪吸引はフランスのピエール・フルニエ先生が考案したもので、切らずに好きな部位の脂肪が自由自在に取れると聞き「これは面白い！」と思いました。そこで早速僕はフランスに飛んでフルニエ先生に直接指導を受け、日本に導入。もちろん目論見通り、患者さんが殺到しました。

それを見てほかの美容整形クリニックでも導入しようとしましたが、何しろ脂肪吸引の機械はフランスでしか製造しておらず、日本では僕しか買えないことになっていましたから、最初の4年間ぐらいは市場を独占。大変な利益を生み出しました。

莫大な利益を生み出したのは『オートコラーゲンバンク』。当時、人気のあったコラーゲン社のコラーゲンは高価でアレルギーのリスクもありました。脂肪細胞から脂質を分離するとコラーゲンが残ります。吸引した脂肪細胞は医療廃棄物ですが、大量のコラーゲンを含んだ資源でもあります。そこで僕は吸引した脂肪細胞からコラーゲンを分離する装置を作り、アメリカで特許を取得。その装置を用いて安全な人間のコラーゲンを提供する会社を立ち上げました。オートコラーゲンバンクの会員券は300万円です。会員の脂肪からコラーゲンを取り出して10年冷凍保存し、その間はいつでも安い施術費でそのコラーゲンをシワや萎びた皮ふに注射をして若さを取り戻すというものです。

オートコラーゲンが有名になり始めた頃、狂牛病が問題になったことで、さらに注目を浴びるようになりました。コラーゲンは牛から抽出されていたからです。デーブ・スペクターさんの世話でアメリカのＡＢＣテレビから出演の話が来たり、アメリカのファンドグループからアメリカ全土にオートコラーゲンバンクを作ろうと提案もきていたのですが、じきに国税との闘争が始まり、バブルも崩壊してアメリカ全土制覇は夢となりました。

クイック二重《ふたえ》法という名称と整形ブームのきっかけとなった切らない二重術を開発したのも僕です。埋没法というまぶたを切開せずに糸を何本も縫い込むことで癒着を起こし、二重を作る切らない二重法があるのですが、その方法では時間がかかり、また術後に患部が腫れるというデメリットがありました。

そこで僕は特殊な細工をした糸を使うことで、１本の糸で何本も入れたようにきれいな二重ができる方法を考案したのです。１本の糸ですから腫れが少なく短時間でできます。

この真似されないように特許で守られた特殊な糸とクイック二重法により二重まぶたの市場もほとんど僕が独占していました。

これらはほんの一例ですが、僕が考案した、または日本で一番最初に取り入れたという施術はたくさんあり、数々のブームを作ってきたのです。

いいなと思ったらとにかく動く

なぜ僕ばかりがそうやって新しいアイデアを思いつくことができたり、新しい情報が舞い込んでくるのかと聞かれることがありますが、そんなことはありません。

誰だってふといいアイデアが浮かぶことがあるはずなのです。そこまでいかなくても「これはもう少し効率よくできないのかな」といった不満は起こるはずでしょう。そんな時、僕はすぐに実行に移すだけなのです。

いい情報も誰にでも届いているはずなのですが、「へー、面白いな」で終わってしまっているのではないでしょうか。もちろん僕は「面白い」と思ったら次の瞬間にはアポイントメントを取るぐらいすぐに動きます。

もちろんこれだけ身軽にさまざまなものを取り入れていると、カスに出会うことも少なくありません。しかし、実際に見てみなければそれがお宝なのか、カスなのかわかりようがないではありませんか。

いいものをつかみたければ、新しいものと引かれ合う磁石になるべきです。とりあえずちょっと興味を持ったら引き寄せてみる。それでカスだったら手放せばいいだけです。

これは仕事に限らず何事でもいえることです。たとえば「面白いな」と思っている人がいてもほかの人から「あいつは悪い奴だからつき合っちゃダメだよ」などと耳打ちされると、それを鵜呑みにして近寄らなかったりしませんか？　しかし、耳打ちした人にとっては〝都合の悪い人〟というだけで、自分にはいい奴かもしれません。食べ物、本、映画などなど、誰かの感想などあてにせず、興味を持ったら自分で確かめてください。

「面白そうだけどな、もしかしたら大したものではないかもな。待っていたらそのうちにはっきりするかな」

というスタンスは捨てるべきです。待てば海路の日和《ひより》はありません！

何かに対して不満が起こった時も、大抵の人は「でも仕方ないよな」と流してしまいます。せっかくのチャンスなのにもったいないことをしています。あなたが不満に思うことは、ほかの人も不満に思っているはず。ですから不満は大発見の入り口。その先には大金脈が眠っているのですから、それを解消できる方法をとことん考えてみたらよいのです。

いいアイデアほど批判を受ける

新しいことを始める時、周囲から批判を受けることは少なくありません。

僕もさまざまな批判を受けてきました。たとえば脂肪吸引を日本で始めた時も、「脂肪細胞は再生するのだから吸引しても無駄だ。効果がないことで金儲けをしている高須はけしからん」といった同業者からの批判はすさまじいものでした。

また、最先端技術はリスクが未知数というリスクもあります。海外では問題がなくても、日本人に合わせて微調整する必要もあります。それでなくても新しいことを始めることで批判を受けている中、事故を起こせば大問題です。

ですから僕は新しい技術は自分自身で試すというポリシーがあります。もちろん僕が受けるのですから僕は執刀、施術できません。息子や妻などに頼んできましたが、納得がいく仕上がりにするためにも、僕はただ受け身でいるわけにはいきません。本来であれば全身麻酔で行う手術も僕はできる限り部分麻酔にして、自分自身で指示を出しながら行うのです。

何か新しいことをしようとすれば、そしてそれが大きな結果を生むものであればあるほど、風当たりは強くなります。しかし、自分がいいものだと確信を持ったのなら、どんな強風にあおられようとも絶対に意思を曲げないことが大切です。途中で止めてしまったら、

「ほら、みろ」

と、信用を落とすだけ。

どんなに批判をしていた人達も、それが世間に認められていった途端、簡単に手のひらを返すものです。それぐらい世間はいい加減なものなのですから、どんな批判も気にする必要はありません。

人の批判をしてじゃまばかりしようとする人は、自分では面白いことのひとつも思いつかないから、他人にもやってほしくないだけなのです。高みから見下したようなことを言いながら、その実、心の中は嫉妬の炎が燃え盛っているのですからお気の毒です。

第十三章

一番身近にあるものが
人生で一番大切なもの

何よりの財産は転がしてくれる大きな掌

結局、僕が思うように生きてこられたのは、僕のわがままを受け入れて支え続けてくれた人がいたからです。

妻には最初から最後までお世話になり通しでした。

僕が日本ではまだ医療とも認められていなかった美容整形をやりたいといった時も、すぐに賛成してくれました。実際に美容整形を始めて、周囲からバッシングを受けた時も「気にすることないわよ」とつねに心強い味方でい続けてくれました。それだけではなく妻は元々目指していた産婦人科医を続けながら、美容外科医にもなり高須クリニックを支え続けてくれたのです。

元はといえば、僕なんかより妻のほうがよっぽど優秀でした。卒業後も大学の集まりでは妻のほうが序列は上。不真面目だった僕なんて底辺です。

だから妻も自分の専門分野で偉くなることだってできたはずですが、高須病院と高須クリニックを支えることに徹してくれました。

僕には3人の息子がいるのですが、子育ても完全に妻に丸投げ。全国のクリニックを飛び回っていたので家にいることはほとんどなく、盆暮れまで仕事に明け暮れて家族のことはまかせっきりでした。

あとから「親父には何もしてもらっていない」と言われたら困るので、一緒にいる時はせっせと記念写真という名の証拠写真を撮り、旅行でもあとから少しだけ参加して証拠を残してきましたが、もちろん彼らには見破られていたことでしょう。

息子が思春期で多感な時期に、僕が脱税で起訴されるといった事件もありましたが、息子達はみな曲がらず、高須家の家業でもある医師、歯科医になってくれたのも、妻の教育あればこそ。

妻は医師という仕事をしながら、家事、子育てもしてくれたのですから、時には爆発して家出ぐらいしても仕方がないような状況です。しかし、ぼくは妻と衝突や喧嘩をしたことが一度もないのです。

妻は心が広くて何でも受け入れてくれたし、僕は僕で妻を尊敬していたので妻がやることに間違いはないと思っていたからです。

僕が妻に頭が上がらない理由

思えば妻には迷惑のかけ通しでした。

医者になりたてで、まだ大学病院に勤めていた頃、当直バイトをダブルブッキングしてしまい、代わりに長男を妊娠中だった妻に行ってもらったこともあります。

生活を支えるためにやみくもに当直を入れていた結果ならまだ申し開きのしようもありますが、麻雀の負けを返すためなのですから面目ない。

時効だからいいますが、当時、僕達ちょい悪医者達は、しょっちゅう高いレートで麻雀大会を開催していました。無給の医局員ですから負ければ大事。体で返すしかありません。ちょっと負けたぐらいなら当直バイト数回で返済できます。しかし、大敗した時は大変です。

まず、真面目なタイプであれば支度金と給料を押さえられた形で、無医村や田舎の診療所に1年間などの長期で売り飛ばされます。

怠け者なら契約金を押さえられてタンカーの船医にさせられます。タンカーなら寝食は保証されているので無一文でも大丈夫！

タンカーの船医はあまり仕事がありません。タンカーには持病のある高齢者などは乗りませんので、深刻な病人などほとんど出ないのです。仮に手に負えないような患者が出ても、次の寄港地で下ろすか可能な場所であればドクターヘリを要請するだけ。

それだけ聞けば優雅な船旅ですが、客船ではないので娯楽施設などはなく、日々水平線を眺めるだけの日々。新しい技術や知識を身につけていく同期の医者達にどんどんと置いていかれ、廃人と化すのが関の山です。

若い医者達はそんな廃人を目の当たりにしているので、

「タンカーでクウェートに行きたいか？」

などと脅せば震え上がったものです。

僕は昭和大学ではレジェンドといっても過言ではないほどの雀士。売り飛ばされるほうではなく、女衒の立場にありました。ですから1カ月で60日分ぐらいの当直バイトを押さえておき、敗北医者に割り振って甘い汁を吸っていました。

しかし、麻雀は博打。とうとう僕自身が大敗し、身売りするしかなくなりました。負けは負け。仕方ありません。連日連夜働き続けました。そのため頭がボーッとしていたのでしょう。ある時、当直バイトをダブルブッキングしていたことに気づきました。始末の悪いことに気がついたのは当日の午後というギリギリのタイミング。医局には内緒のバイトなので、医局員に頼むわけにはいきませんが、ドタキャンするわけにもいきません。

そこで悩みに悩んで妻に頼み込みました。当時、妻は妊娠中だったので大学病院でも当直が免除されていたというのに、人気が高くて毎晩のようにお産があるため一睡もできない産科病院の当直に行くはめになったのです。

「一生恨んでやる！」

とは言っていましたが、躊躇することなく行ってくれた妻に、一生頭が上がらないと思いました。

谷底へ突き落とした妻の宝物

真面目な優等生の妻ですが、実は暴走族という一面もありました。

僕達は夫婦ともにB級ライセンスを持っていますが、先に取ったのは妻のほう。首都高でのバトルでも勝つのはだいたい妻でした。

ですから妻は車をとても大切にしていました。妻も僕と同様にブランド品や宝飾品などには興味がなく、散財するタイプではありませんが、車だけは気に入ったものを買い、大切にしていたのです。しかし、そんな愛車を悲惨な目に遭わせたこともあります。

ある時、先輩2人と3人でスキーに行くことになりました。僕の車は狭くて車高も低いスポーツカーだったので、妻の愛車、スカイラインのハードトップを借りました。

僕が運転をして雪の三国峠を走っていた時、下りてきたダンプを避けようとハンドルを切ったところ、滑ってガードレールを突き破り、まっさかさまに谷へと落ちてしまったのです。

人間、本当に恐怖を感じると、思わず笑ってしまうものです。当時は義務ではなかったためシートベルトをしていなかったので、車内をごろんごろんと転がりながら大笑い。

「あはははは、これで僕達死ぬんですね！」

すごく短い時間だったはずですが、スローモーションのように流れる時間の中で高らかに笑う僕達。

そして気づけば視界は真っ白。雪が深く積もっていたおかげで、ずっぽり埋もれて死なずにすんだのです。ドアを内側からガンガンに蹴って開き、何とか雪から這い出て九死に一生を得ました。

春になって雪が解けてから車を引き上げ、修理をして返しましたが、妻はカンカンでした。

何度も救ってもらった妻のアドバイス

これは些末な例ですが、ほかにも妻にはたくさんの迷惑をかけてきました。ですから妻に僕のハーレーやヘリコプターを売られても、文句のひとつも言えません。

僕がハーレーを手に入れたのは40歳を過ぎてから。何気なく通りかかったバイク屋のショーウインドーに飾られていたサイドカーつきのハーレーに目を奪われました。店に入り、若い店員に、

「これ運転難しい？」

と聞いてみるとちょっとバカにしたように、

「おじさん、ものすごく難しいよ。これは別名アイアンホースといって、気に入らないライダーじゃ動かない。大型自動二輪の免許もいるけど、取るのは大変だぜ」

と真面目に取り合ってくれません。これが僕の負けず嫌いに火をつけました。「どうだ！」とばかりに免許を取り出し、店員に見せる僕。僕ぐらいのじじいになると、自動二輪はおまけでついているのです。おまけにトラック野郎に憧れて、ダンプの免許まで取ってあるのです！　唖然とする店員に
「金なら持っとる。現金で買う！」

そのまま自宅まで乗って帰りました。

バイクに合わせて重心を変えないといけないうえにつかまるところもないので、サイドカーに乗るのは意外と難しく、怖がる女性も多いのですが、妻はもともと暴走族ですから上手に乗りこなしていました。

「老後はこのハーレーで世界一周しようね」

と夢を語り合っていたのです。

しかし、僕がついついスピードを出し過ぎてしまうこともあり、妻は危険と判断したのでしょう。海外出張から戻ってみると、ハーレーは売り飛ばされたあとでした。

ヘリコプターは僕が全国のクリニックを効率よく回るために所有していました。当時は北は北海道、南は九州までクリニックがあったので、移動の時間がもったいなかったのです。しかしこのヘリコプターも、

「いずれ事故る！」

と売り飛ばされました。

しかし、これは正解でした。なぜなら当時のヘリ仲間はかなりの確率で事故を起こし、亡くなった人も少なくないからです。

妻が言うことは、たいがい正しいのです。

ドバイで高須クリニックをオープンしようと準備していた時も、妻の提案で延期している間にオイルマネーバブルが崩壊。危うく人生で二度もバブル崩壊の憂き目を見るところでした。

高須クリニックといえば〝ＹＥＳ！〟ですが、このキャッチフレーズを考えたのも妻で

す。〝自分を楽しんでいますか？　ＹＥＳ！　高須クリニック〟。最高のキャッチフレーズだと思います。

想像以上に空虚だった妻がいない日々

僕はずっと気づかないでいましたが、妻がそうやってうまくコントロールをしてくれたからこそ、うまく人生を乗り越えてこられたのです。僕自身が勝ち取ってきたと思っていたものも、妻の掌の上でつかませてもらっていたに過ぎません。

妻が亡くなった時、僕は茫然とするよりほかありませんでした。妻が保健所から引き取ってとことん可愛がっていた犬、チャッキーが旅立ち、それからほどなくして妻も逝ってしまいました。

それまで帰れば妻やチャッキーがにぎやかに迎えてくれた家が、今はしーんと静まりかえっているのです。僕以外に生きているのは植物だけ。

ブランド品なんてまったく興味がなかった妻が、とても大切にして誰にも触らせなかった宝箱を開けてみたら、息子達の表彰状や作文や写真ばかりが出てくる。

クローゼットの奥からは僕が描いてプロポーズとともに贈った妻の絵が出てくる。とっくに処分されたと思っていたのに。

死んだらあとを追うと言ったら、

「みんなに迷惑がかかるからバカなことをするんじゃない」

と怒られました。では、仕事は引退して僧侶になり、毎日お経をあげるといっても、

「僧侶になってお経をあげるのは許すけど、引退はボケるからダメ。それよりも子どもと孫の力になってやれ」

と怒られました。

最後まで家族や周りの人のことばかりを考えていました。

妻の遺言だから働き続け、患者さんの前では明るい顔をしてきましたが、ひとたび仕事を離れると鬱々とした日々を過ごしていました。飲めないお酒を口にすることも増えました。

妻に先立たれた夫の平均余命は5年ですから、そう長くないのかもしれないなと思い、同時にそれもまたいいなと思っていました。

寄る辺となる人がいるかどうかが人生を左右する

僕にまた立ち上がるきっかけを作ってくれたのは今、僕のパートナーである西原理恵子でした。

彼女は悪ぶっていますが情け深くて、とても面倒見がいいのです。それに自分自身も元だんなさんを看取っていますから、大切な人を亡くした時の想いや、どう接してほしいかがよくわかっているんですね。

引きこもり老人だった僕を、少しでも気分がまぎれるようにと、自分自身も忙しい中たびたび外に連れ出してくれました。

僕と西原は何でも正反対で、いつもぶつかってばかりです。育った環境もまったく違う。何しろ西原が子どもの頃に一番嫌いだったのは〝色白で太った医者のガキ〟ですから、まさに僕のことですよ。

僕はお酒を飲まないけど、西原は酒豪。食にまったく興味がない僕と、食にとことんこだわる西原。

本当に何もかもが正反対ですが、それがまた楽しい。

しかし、怒って喧嘩をしているよりも、一緒に笑い合っているほうがいいに決まっています。僕もあとどれぐらい生きられるのかわかりません。だから喧嘩ばかりしているのは時間がもったいないから、一緒にいる時はなるべく笑っていようと話しています。

ほかにも僕の人生を振り返ってみると、傍には必ず寄る辺となる人がいました。

祖母や父母、家族、友人。

僕がどんな批判も気にならず、どんな相手ともひるまずに闘ってこられたのは、つねに絶対に味方になってくれるこのような人達がいたからです。

当たり前のことかもしれませんが、人の幸せは結局他人とのつながりの中から生まれます。お金を稼いでも、仕事で成功しても、一緒に喜んでくれる人がいなければ味気ないものです。つらい時も、一人では耐え切れないことも誰かがいれば乗り越えられます。死ぬほどつらい目に遭っても大丈夫なのです。

本当に大切なことは、何のひねりもない当たり前のことだったりするものです。

みなさんも時々、そんな当たり前のことを思い出し、自分の寄る辺となってくれる人達の存在を改めて感じてみてください。

おわりに

最後まで読んでいただき、ありがとうございました。

本書のために色んなことを思い起こしてみましたが、どの出来事もつい先日のことのように思えます。子どもの頃にいじめられていたのはもう60年も前のことだというのに、その時の空気の感じまで思い出せるほどです。

人生は楽しいものですが、残念ながらとても短い。

僕はもっともっとやりたいことがありますが、どこまでできるでしょうか。

みなさんはまだまだ若いかもしれませんが、本当にあっという間に時は過ぎていきます。そんな貴重な時間を、鬱々と過ごすなんてもったいないことはもう止めにしましょう。

子どもの頃に親にさんざん言われたことが、大人になったらよくわかったという経験があるのではないでしょうか。「親が言うようにやっておけばよかったな」とか「やっておいてよかったな」と。

僕が言っていることも、あと数十年生きたらわかるはずです。しかし、そこから気づくのはもったいないことです。

鬱々と悩むぐらいなら体を動かしましょう。人に会ってみるとか、新しいことをやってみるとか、とにかく動いてみるのです。何かをしている時は脳も活発に働きますから、いい案が浮かんだり、人と会うことでいい情報がもらえたりするでしょう。

仮に何も前進しなくても、気分は明るくなるはずです。

とにかく、うじうじと暗くしているのが一番よくありません。

類は友を呼びますから、明るくしていれば明るい人が寄ってきて、明るい出来事が起こります。

一度きりの人生、笑って過ごそうではありませんか。

あなたの人生が明るい笑顔にあふれ、充実したものになりますように。

自分を楽しんでいますか？　ＹＥＳ！

高須克弥

高須克弥（たかす かつや）

1945年生まれ。医学博士／美容外科「高須クリニック」院長、昭和大学医学部客員教授、医療法人社団福祉会「高須病院」理事長、一般財団法人「かっちゃん基金」代表理事。東海高校、昭和大学医学部卒業。同大学院医学研究科博士課程修了。大学院在学中から海外（イタリアやドイツなど）へ研修に行き、最新の美容外科技術を学ぶ。“脂肪吸引手術”を日本に紹介し普及させるなど、日本の美容外科を牽引。慈善活動にも力を注ぎ、藍綬褒章も受章している。『ブスの壁』（新潮社、西原理恵子共著）など著書多数。

筋と義理を通せば人生はうまくいく

（すじとぎりをとおせばじんせいはうまくいく）

2014年6月23日　第1刷発行

著　　者　高須克弥
発 行 人　蓮見清一

発 行 所　株式会社 宝島社
〒102-8388 東京都千代田区一番町25番地
電話：（営業）03-3234-4621
　　　（編集）03-3239-0069
http://tkj.jp
振替：00170-1-170829（株）宝島社
印刷・製本　サンケイ総合印刷株式会社

ISBN978-4-8002-2660-0